W0046111

SEXPLOSIV

EROTISCHE BEGEGNUNGEN

BRUNO GMÜNDER

Loverboys 2
2. Auflage

Aus dem Amerikanischen von Gerold Hens
© 1995 Bruno Gmünder Verlag
Leuschnerdamm 31, D-10999 Berlin

Originaltitel: Badboy Fantasies
© 1992 Masquerade Books, Inc.

Umschlaggestaltung: Stefan Adler
Foto: Charles Hoveland
Druck: Fuldaer Verlagsanstalt

ISBN 3-86187-032-0

INHALT

STRANDGEFLÜSTER

Julian Anthony Guerra

Ich mußte einfach hinschauen, als er an jenem Juli-nachmittag bei Paps die Parkgebühr zahlte. Den ganzen Sommer über hatte ich ihn dann und wann schon kurz gesehen, aber jetzt konnte ich ihn wirklich ausgiebig betrachten. Er schien sich zu allem Zeit zu nehmen, und da-gegen hatte ich nun wirklich nichts einzuwenden. Sein braunes Haar mit hellen Spitzen war vom kühlen Meerwas-ser und vom Sommerwind zerzaust. Seinen breiten Schul-tern wurden von kräftigen Bizepsen gestützt und spannten sich an, als er sein Bier zum Mund hob, während mein Vater ihm Geld herausgab. Mein Blick folgte dem glitzern-den Hals der Bierflasche, der sich feucht zwischen seine geöffneten Lippen schob, auf seine Zunge traf und im In-nern seines Munds gelutscht, ausgesaugt und liebkost wurde.

Er hatte eine unbeschreibliche Hautfarbe. Jeder Zentimeter seines unglaublich gesunden, muskulösen Körpers war mit Öl gesalbt und von der Sonne tief goldbraun geröstet worden. Das ärmellose T-Shirt von grellem Pink, das er trug, war, seit ich ihn am Morgen gesehen hatte, an ihm eingeschrumpft und an den Rändern ausgefranst. Der noch feuchte Baumwollstoff klebte so eng an seiner massigen Brust, daß das dünne Gewebe den schokoladenbraunen Hof um seine steifen Brustwarzen nicht vollständig zu bedecken vermochte. Jedesmal, wenn einer dieser dicken, sexy Nippel sich unter dem Stoff vorzuschieben drohte, zerrte er am T-Shirt.

Selbst mit mehreren Handvoll gut verteilter Kakaobutter mußte er fünf Minuten zugebracht haben, um sich in die ausgebleichte, abgeschnittene Jeans hineinzuzwängen. Sie saß so eng, daß er sich nicht einmal die Mühe gemacht hatte, sie zuzuknöpfen. Somit stand die Shorts vorne offen und erlaubte gierigen, forschenden Augen einen Blick auf den Streifen Schamhaare, der sich von seinem Nabel aus in die verborgenen Tiefen zwischen seinen Beinen zog.

Aus den sandigen Reeboks und den mit ausgeleierten Socken bedeckten Knöcheln ragten wohlgeformte, behaarte Waden, die in kurze, flaumbewachsene Stämme muskelbepackter Oberschenkel ausliefen. Seine Beine verschwanden majestätisch in der Enge seiner Shorts, und ich sah, daß selbst der Jeansstoff die Vollkommenheit seines runden Knackarsches, den er in die Hose gequetscht hatte, nicht zu verbergen vermochte. Im Gegenteil, die goldbraunen Halbmonde seines süßen Hinterteils lugten durch die herunterhängenden Fransen, selbst als die Shorts seine Arschspalte bei jeder Bewegung bis nach oben hin abzeichneten.

Er hatte einen der geilsten Oberkörper, die ich je gesehen hatte. Mit Lotion eingecremt, leuchtete er mir in schönster Pracht entgegen. Die Seiten waren geschmeidig und verliefen vollkommen v-förmig von seinen behaarten Achseln bis zur Hüfte, wo der Bund seiner Shorts in das weichere Fleisch seiner Taille einschnitt. Rings um seinen Bauchnabel zeigte sich ein leichter Speckansatz, worüber ich angetan innerlich grinsen mußte. Wie ein Athlet auf Urlaub gönnte er es sich, auszuspannen und den Sommer zu genießen – und das hatte bereits die ersten Spuren hinterlassen. Seine Rippen und die wunderbar geformten Bauchmuskeln waren von einer Schicht samtiger, sonnengebräunter Haut bedeckt, und der straffe Bauch hatte sich in den letzten Wochen etwas wölben dürfen. Etwas an ihm machte mich ungemein an; es hatte mit seinem gesunden, atemberaubenden Körper zu tun, der geschmeidig wirkte, schlank und dennoch prall. Ich wurde an diesem Tag geiler denn je.

Ich begleitete ihn über den sengendheißen Teer bis zu seinem Fiat und sah erleichtert, daß ich, um hinzukommen, lediglich einen Buick und einen alten Toyota umrangieren mußte. Beim Einsteigen hielt ich ihm die Tür auf. Er strich sich die Haare aus den Augen, lächelte, während sich das Innere des Wagens abkühlte, und bat mich, noch eine Sekunde zu warten. Als er sich zum Handschuhfach beugte, sah ich, wie seine Bewegung den Reißverschluß seiner Shorts öffnete und meinem ehrfürchtigen Blick eine angeschwollene Eichel darbot. Sie war so groß und dick, daß unter meinen Armen Ströme von Schweiß ausbrachen und an den Seiten meines Muscle-Shirts herunterliefen. Da war sie: Aus ihrem feuchten Nest von Büscheln hellbrauner Schamhaare schlängelte sich die Schwanzspitze dem Dachfenster entgegen, klar und schön wie der Nachmittagshimmel. Mein Schwanz in meiner Latzhose stand steinhart; ich konnte nichts dagegen tun.

Er wandte sich wieder zu mir und grinste bedauernd – er hatte kein Kleingeld, um mir Trinkgeld zu geben. Verlegen wollte ich mich umdrehen, aber er legte mir eine Hand auf die Hüfte und hielt mich fest. Er kicherte über meinen wohl sehr komischen Gesichtsausdruck und zog mich näher zu sich heran, bis mein Unterleib fast im Auto verschwand. Ich mußte den Fuß aufs Trittbrett stellen, um das Gleichgewicht zu halten. So wie er mich anfaßte und zu sich heranzog, rauh und gutmütig, kam ich mir jung und dumm und leichtsinnig vor. Meine Wangen brannten bei der Vorstellung, er könne mir meine Gedanken vom Gesicht ablesen. Ich schwebte.

Er fuhr mit den Händen über meinen Oberkörper und fragte mich, ob ich kitzlig sei. Ich sagte: ja, ein bißchen, und er begann, an meinem Shirt zu zerren, hier und da zu kneifen und mich mit den kräftigen, flinken Fingern zu necken. Mein Herz raste, und mitten zwischen all den Autos kicherte ich nervös. Aus dem Augenwinkel konnte ich Paps sehen, wie er auf das Kassenhäuschen zuging und Geld zählte, und irgendwo hinter der östlichen Anhöhe hörte ich das Rauschen der Brandung.

Seine Finger schienen meinen trainierten Oberkörper nach den bestgeformten und straffsten Teilen abzusuchen, und er genoß es, sie zu rubbeln und zu liebkosen. In spöttischer Mißbilligung rümpfte er seine hübsche, leicht stupsförmige Nase und zwinkerte mir zu, wenn die forschenden Spitzen seines Daumens und Zeigefingers auf eine weiche Stelle trafen. Ich war gut gebaut, schien er zu sagen, jung und kräftig, aber es bedurfte nicht viel, um schlaff zu werden, wenn ich nicht aufpaßte.

Spielerisch zupfte er einige Male in der Mitte, bis er mein Shirt aus meiner engen Jeans gezogen hatte. Langsam und bedächtig schob er es hoch und näherte sein Gesicht der darunterliegenden Haut, um sie mit seinen Lippen und seiner Zungenspitze anzufeuchten. Mein flacher Bauch erzitterte bei seiner Berührung, und ich holte zischend tief Atem, als er unter mein T-Shirt faßte und meine Brustwarzen zwirbelte. Fast hätte ich mir die Hände verbrannt, als ich, um nicht überzukippen, auf dem Dach des Autos Halt suchte!

Seine Handflächen strichen über meine jeansbedeckten Schenkel und meinen festen, kleinen Arsch und zogen mich noch näher zu sich heran, so daß meine Brust gegen das glühendheiße Chrom des Türrahmens gepreßt wurde. Lässig verschränkte ich meine Arme unter dem Kinn, schaute über die Dünen und stieß unterdrückt ein langes, weiches Stöhnen aus. In dem Wagen saß eine Bestie, ein hungriges Raubtier, das meinen Körper gepackt hatte und nicht loslassen würde, bis sein Appetit gestillt war. Seine Nägel zerkratzten mir den Rücken, sein Mund vergrub sich in einer meiner Brustwarzen und saugte an dem Nippel wie ein hungriges Baby, schmeckte mich, zerkaute mich, bevor er zu einem anderen Teil von mir überging. Er biß mir in den Bauch, saugte an meinem Fleisch und zeichnete es mit gierigen Zähnen, ließ mich wimmern vor Schmerz und machte mich benommen vor Ekstase.

Schließlich, als er meine Jeans geöffnet hatte und sich am Oberteil und den Beinen zu schaffen machte, bat ich ihn, zum Hauptgang überzugehen – meinem zwanzig Zentimeter langen, pochenden, achtzehnjährigen Schwanz. Er akzeptierte mit Behagen.

Aus meiner Badehose holte er meinen bebenden Ständer. Ich fühlte, wie er ihn sanft küßte, bevor er behutsam die Eichel in den Mund nahm. Kraftvoll packte er mit beiden Händen meine nackten Arschbacken und zwang mich, ihn in den Mund zu ficken. Ich spürte, wie die volle Länge meines Schwanzes in die Enge seiner warmen, feuchten Kehle gesogen wurde, und sachte zurückweichend fühlte ich seine

Lippen über dem fleischigen Schaft, der ihn erregte und nach mehr dürsten ließ. Ungläubig blickte ich nieder, um zu sehen, was er tat, und beobachtete, wie sich seine Kiefer über meinen Ständer hermachten. Sein sinnlicher Mund sog mich gierig auf, ließ mich wieder hinausgleiten, pumpte, machte mich geiler und heißer, als ich es je im Leben gewesen war. Mein Schwanz war wie ein Kolben, der in der Kehle dieses Beach Babys steckte. Er wurde fett in seinem Mund, bis er zu platzen schien und tief hinten in seinem Kopf explodierte.

Ich schrie. Ich konnte nicht anders! Ich kam und stieß eine so dicke und feste Ladung Samen aus, daß er fast daran erstickte. Ströme heißen Spermas schossen ihm in die Kehle, füllten seinen Mund und liefen ihm über die Lippen. Als er mit der Zunge meine Eichel leckte, rann eine glitzernde Mischung aus Sperma und Speichel an meinem erschlaffenden Glied zurück und verfing sich in dem Busch um meine schweren Eier.

Keuchend brach ich fast im Auto zusammen, aber er hielt mich mit beiden Händen an der Hüfte aufrecht und stützte mich ab, während er glücklich und gierig meinen Schwanz, meine Eier und meinen Bauch ableckte und küßte. Seine Finger kneteten meine Seiten und den verlängerten Rücken, und sein Mund tauchte mich in ein warmes, klebriges Bad – ich wußte, daß noch etwas folgen würde.

Er leckte sich die Lippen und schaute zu, wie ich den Kopf schüttelte und mir mit meinem triefenden Muscle-Shirt den Schweiß vom Gesicht wischte. Er wirkte belustigt, wie er so dasaß, sexy und mit einem Mordsständer, und den letzten Rest Biers schlürfte, selbst als mein Schwanz erneut steif wurde, schneller diesmal und gewaltiger als je zuvor. Er lächelte ein breites, zähnefletschendes Grinsen voller Bewunderung – ich hätte schwören können, einen winzigen Rülpser hindurchgehört zu haben – und knuffte mich spielerisch in die Seite. Bevor ich wußte, wie mir geschah, war sein Mund wieder über mir, und diesmal gab es kein Entrinnen. Er hatte mich in den Wagen gezerrt und die Tür verriegelt.

WAHRNEHMUNGEN

Morgan Gabriel Sinclair

Leise klopft der Regen an die Fensterläden. Ich öffne die Vorhänge und starre hinaus in die Nacht, meiner eigenen gequälten Züge, die zu mir zurückstarren, nur undeutlich bewußt. In der Finsternis hinter der Fensterscheibe heult klagend der Wind, und obgleich dem Sturm draußen die Pracht von Blitz und Donner fehlt, dringt er mir in die Seele.

Ich setze mein Glas auf der Fensterbank ab: Dewars on the rocks. Ich weiß nicht, warum ich ihn mir eingegossen habe, eigentlich wollte ich nicht trinken. Alte Gewohnheiten sind nur schwer abzulegen. Es gab eine Zeit, vor kurzem noch, da ich mich ohne einen Drink tot fühlte. Die Lust, einfach nur zu leben, war mir damals fremd.

Es war die »gute, alte Zeit«, die Zeit, da ich endlose

Stunden in die Idiotenkiste glotzte und aus Mangel an eigenem Leben das von fiktiven Personen verfolgte. Manchmal stand ich mit einem Drink in der Hand am offenen Fenster und sah das Leben von Fremden an mir vorüberziehen. Doch das ist vorbei.

Ich nehme an, ich war es einfach leid, mit einem Kater und steifem Hals vor dem Testbild aufzuwachen. Oder vielleicht hatte ich einfach erkannt, daß mein Leben vorüberging.

Wie dem auch sei, daß ich Michael fand, war der größte Schritt zu meiner Selbstfindung.

Ich fahre mit der Hand durch mein lichter werdendes Haar und schaue weiter dem Regen zu.

»Kommst du ins Bett?« flüstert eine Stimme.

Es ist Michael. Ich bin so in den Anblick des Sturms vertieft gewesen, daß ich seine Schritte auf dem Teppich nicht gehört habe. Hier, in seinem Apartment, werde ich mir plötzlich meiner eigenen Nacktheit bewußt.

»Gleich«, antworte ich, ein wenig zu scharf. Mein Ärger über die Störung ist schmerzhaft deutlich.

Im Fenster sehe ich sein Spiegelbild auf mich zukommen.

»Warum so gereizt?« raunt er mir ins Ohr. Ich spüre seinen warmen Atem an meiner Haut, und mein Herzschlag beschleunigt sich.

»Ich glaube, du brauchst eine Massage«, sagt er.

Als seine starken, schwieligen Hände beginnen, meinen Rücken zu massieren, spüre ich, wie die Spannung in meinen Muskeln langsam aber sicher weicht. Er hat recht, ich bin verspannt. Vielleicht ist die Vergangenheit nicht der glücklichste Aufenthaltsort. Ich gebe mich dem Augenblick hin, entspanne mich und überlasse alles weitere ihm.

Er führt seine Hände in langsamen, kräftigen Kreisen über meinen Rücken. Mit fachmännischer Sorgfalt gleiten seine Finger endlos an meinem Rückgrat nach unten. Obgleich wir erst seit ein paar wenigen, flüchtigen Wochen zusammen sind, scheint er über eine intime Kenntnis eines jeden Zentimeters meiner Haut zu verfügen. Ich spüre, wie allmählich mein Schwanz steif wird und Lust von meinen Sinnen Besitz ergreift.

»Ich bekomme einen Ständer«, sage ich.

Ein tiefes, rauhes Lachen ist seine Antwort. Er setzt seine Liebkosungen mit größerer Kraft fort.

Ich habe Michael nur ganz zufällig kennengelernt. Sein Fenster war eines von denen, die ich für meine voyeuristischen Neigungen ausgesucht hatte. Ich hatte ihn dasselbe für einen seiner vielen Liebhaber tun sehen. Er verstand sich recht gut darauf, Lust zu bereiten, und mein Blick wurde Tag für Tag hierher gezogen. Da mein eigenes Schlafzimmerfenster dem seinen gegenüber liegt, hätte ich seit langem wissen müssen, daß es nicht lange dauern würde, bis er zurückblickte.

Persönlich lernten wir uns im Laden an der Ecke kennen, zufällig. Ich nahm all meinen Mut zusammen, versuchte mein Glück und stellte mich vor. Seine erste Frage, als er mich mit seinen haselnußbraunen Augen anschaute, lautete, ob ich seine Wohnung von innen sehen mochte. Bevor ich mich versah, lagen wir zusammen im Bett.

Mit einem Griff an meinen Hintern holt er mich in die Gegenwart zurück. Ich spüre seine warme, feuchte Zunge an Nacken und Rücken, und als ich ein lustvolles Seufzen hören lasse, führt er eine Hand an meinen angeschwollenen Schwanz.

»Gefällt's dir?« flüstert er.

Eine Antwort ist überflüssig.

Ich krümme den Rücken, presse meinen Arsch gegen seine Hüften und spüre, wie sein steifer Schwanz an meinen

Arschbacken reibt. Seine andere Hand packt mein Gerät, und ich nehme die Feuchtigkeit dessen, was sein Speichel sein muß, wahr, als er beginnt, meine Latte zu wichsen.

»Fester!« stöhne ich.

Anstatt zu gehorchen, läßt er seine Zunge meinen Rücken hinabgleiten, bis in meine Arschspalte. Jedesmal, wenn meine Sinne sich auf das Lustgefühl einstellen, wechselt Michael die Technik und erforscht einen anderen Teil meines Körpers. Er zieht seine Zunge von meinem Arsch zurück und dreht mich um, so daß wir uns in die Augen blicken.

»So mag ich dich am liebsten, Michael … auf den Knien«, sage ich.

Er versetzt mir einen Hieb auf meinen festen Hintern und kichert leise, als er mich mit voller Länge in den Mund nimmt.

»Lach' nicht mit vollem Mund, Baby!« befehle ich ihm im Scherz.

Er ignoriert es und beginnt eifrig, meinen Schwanz zu lutschen. Als er mein Fleisch bis zum Anschlag aufnimmt, kann ich nicht widerstehen und fahre mit den Händen durch seine fahlblonden Locken. Er nimmt seinen eigenen Rhythmus auf, ohne auf mein Verlangen zu achten, ihm meinen Schwanz so tief wie möglich in die Kehle zu rammen. Seine Hände erforschen jetzt meinen Arsch, und drei Finger dringen tief in mich ein. Ich stütze mich wieder auf der Fensterbank ab, lehne mich an die Scheibe und überlasse ihm die Führung.

Fachmännisch läßt er seine Zunge an meinem Schaft entlanggleiten und knabbert sanft an meinem Hodensack. Als an der Spitze meines Ständers der Lusttropfen zum Vorschein kommt, nimmt er ihn, weiterhin meine Eier leckend, mit der freien Hand auf, führt ihn an meine Lippen und läßt mich meinen eigenen Samen schmecken.

Das Heulen des Windes draußen nimmt zu. Der Regen scheint in Strömen ans Fenster zu prasseln, und ich spüre das beschlagene Glas kalt an meinem Rücken.

Erneut schweifen meine Gedanken in die Vergangenheit ab. Als Teenager glaubte ich, alle Menschen außer mir führten ein geheimes Leben. Ein Leben, das sie mit einer auserwählten Gruppe teilten. Wenn ich alleine durch die Straßen lief, beobachtete ich sie, wie sie, ohne die Welt um sich herum wahrzunehmen, nur auf ihre Worte konzentriert waren. Ich dagegen lief alleine, schaute in den Himmel und lauschte den Geräuschen des Lebens, mehr auf die Natur achtend als auf meine Mitmenschen.

Vielleicht kam es daher, daß ich mich all die Jahre so einsam gefühlt hatte. Ich hatte Freunde, glaubte jedoch stets, daß sie ein großes Geheimnis verband, von dem ich ausgeschlossen war.

Erst jetzt kann ich zurückschauen und die Wahnhaftigkeit meiner Existenz erkennen. Die Vergeudung von Zeit, meiner eigenen Zeit, wenn ich sie beobachtete und nach einem Schlüssel suchte, um meine Einsamkeit aufzubrechen.

»Können wir etwas tun ... etwas anderes, Michael?« frage ich ihn.

Er läßt mein Fleisch los. Sein eindringlicher Blick ruht auf mir und wartet, daß mein Verlangen Ausdruck findet. Meine Gesichtszüge sind eine Maske für ihn.

»Was immer du willst, ich bin einverstanden.« Er klingt, als ob er auf etwas Verrücktes gefaßt sei.

Ich gehe ins Schlafzimmer. Ich weiß, daß er mir folgt – mehr aus Neugierde denn aus einem anderen Grund.

Ich öffne die Tür zum Balkon und trete ins Freie.

»Bist du verrückt? Es gießt in Strömen da draußen.«

»Ich dachte, du seist zu allem bereit.« Ich lächle und lecke mir die Lippen.

Ich spüre, wie das Wasser meine Haut durchnäßt, ein kalter, erfrischender Guß. Meine Haare kleben am Kopf, und ich frage mich, wie begehrenswert er mich findet.

»Was, wenn uns jemand sieht?«

Ich sehe, wie sein Interesse wächst, zuerst in seinen Augen, dann in dem leichten Grinsen, das um seinen Mund spielt.

»Laß sie doch zusehen«, antworte ich.

Ich drehe mich um und fasse das Geländer. Ich spreize die Beine und beuge mich vornüber, zeige mich ihm von meiner besten Seite. Die Lichter der Stadt sind im stürmischen Regen fast erloschen, aber die Fenster der benachbarten Gebäude schimmern warm. Jederzeit könnte ein Nachbar, wie ich selbst vor nur wenigen Wochen, vorbeigehen und sehen, wie wir uns auf unserem Balkon über der Straße lieben. Der Gedanke daran macht mich noch geiler, als er von hinten in mich eindringt. Es wird eine gute Show werden.

Er schiebt seinen dicken Schwanz in mein enges Loch, und das Gefühl, ihn in mir zu haben, läßt meinen zu einer neuen, fast schmerzhaften Erektion anschwellen. In Strömen ergießt sich das Wasser über unsere Leiber, während er mich fickt, und obwohl das kalte Wasser meine Eier schrumpfen läßt, ist die Lust, die er mir schenkt, unermeßlich.

Er packt meine Hüften mit beiden Händen, während ich nach hinten auf ihn zu stoße. Zum ersten Mal zuckt ein Blitz über den Himmel und lockt ein halbes Dutzend neugieriger Männer und Frauen aus ihren Wohnungen in die geheimnisvolle, elektrisch geladene Finsternis. Als Michael in mir kommt, ertönt ein Donnerschlag, und ein weiterer Blitz läßt die zitternden Muskeln unserer zusammengeschweißten Körper in scharfen Konturen für alle sichtbar werden. Ich weiß, keiner von uns wird diesen einmaligen Orgasmus jemals vergessen.

Er zieht sich aus meinem Arsch zurück. Ich bin angefüllt mit heißem, klebrigem Sperma.

Er sinkt auf die Knie und dreht mich zu sich um. Ich kann ihre auf uns gehefteten Blicke spüren, sechs Augenpaare, die meinen Rücken und meinen nackten Arsch begaffen.

Begleitet von einer Runde lüsterner, entsetzter Blicke, lutscht er meinen Schwanz mit noch größerer, aufgestauter Begierde und bringt mich zum Höhepunkt. Und anstatt mir zu gestatten, über sein Gesicht und seine Brust abzuspritzen, schluckt er jeden einzelnen Tropfen.

Als er wieder aufsteht und mir in die Augen sieht, spricht er aus, was mir selbst in meiner Zufriedenheit durch den Kopf gegangen ist.

»Ich hoffe, es hat uns jemand zugesehen.«

INSIDERWISSEN

Chuck Becker

Ich arbeite in der Finanzabteilung, kein schlechter Platz, wenn man stressige Jobs mag. Jeder Tag bietet minütlich eine andere Du-mußt-auf-jeden-Fall-Geld-machen-oder-du-fliegst-du-Versager-Herausforderung beim Abschließen von Deals, die niemandem nützen, außer den Brokern, den Käufern oder den Verkäufern. Es ist sinnlos und in gewisser Weise kindisch, aber der Lohnstreifen ist es verdammt nochmal wert.

Das Übelste an dem Job ist mein Chef. Ich weiß, Sie haben das schon so oft gehört, daß Sie mir wahrscheinlich nicht glauben, aber Dan ist ein besonderer Fall: Er ist groß, sieht gut aus, er ist reich und ekelhaft, und ich hasse ihn. Aber bei Gott, ich hätte Lust, ihm einmal an die Hose zu gehen. Er hat diese unglaublichen Beine, wie bei einem Läufer, wissen Sie? Dicke, kräftige Muskeln, die sich so verführerisch anspannen und an den Knochen auf und ab bewegen. Seine Arme sind etwas zu dünn und hätten ein paar harte Trainingsstunden nötig, aber das würde ich ihm nachsehen, wenn ich in ihm stecken würde …

Vor ein paar Wochen kam er mit den Armen fuchtelnd an meinen Schreibtisch und brüllte, ich hätte eine Menge Zeit vergeudet, und ich würde meinen Job verlieren, und er würde den Erstbesten, den er finden könnte, an meinen Tisch setzen, weil selbst eine College-Niete besser arbeiten würde als ich. Genauso schnell machte er sich wieder davon, um einen anderen anzuschreien – wahrscheinlich hatte er allen anderen auf der Etage die gleiche Vorstellung geliefert, aber das war zuviel. Ich meine, er hat diese ruppige Art, aber es reichte mir, und ich beschloß, etwas zu unternehmen. Ich war es leid, *ihm* zuliebe ständig Kompromisse zu schließen. Nun, inzwischen habe ich bekommen, was ich wollte.

Die Worte »Kein Kompromiß« waren mir in letzter Zeit des öfteren durch den Kopf gegangen. In seiner Freizeit macht er ziemlich viel 'rum, und ich hatte mich immer gefragt, wie schwierig es wohl wäre, ein paar Schnappschüsse von ihm und wem auch sonst zu schießen.

Meine kleinen, finsteren Pläne waren im Nu in die Tat umgesetzt! Sie hätten sein Gesicht sehen sollen, als ich ihm die Früchte meiner Nachforschungen präsentierte. Beim Anblick meines 24x33 Hochglanzabzugs, der ihn zeigte, wie er irgendeinem Stricher der letzten Nacht einen Feuchten pflanzte, fiel ihm die Kinnlade herunter. Seine Zunge zuckte, und seine Nasenflügel flatterten wie Windsäcke. Und seine Augen erst – sie traten ihm so weit aus den Höhlen, daß es aussah, als wollten sie ihm aus dem Schädel purzeln!

Er schaute mich an, faßte sich wieder und setzte sein Drecksgrinsen auf, für das ich den Kerl jedesmal hätte anspringen und vermöbeln mögen. Sie wissen schon, ein paar

Ohrfeigen in die Fresse, nur um ihm zu zeigen, daß ich mich einen Scheiß um ihn oder irgend etwas an ihm schere. Aber ich war fest entschlossen und gewillt, es ihm auf die gleiche Art heimzuzahlen.

»Und was zum Teufel wollen Sie damit machen, Eddie?« fragte er in diesem widerlichen, entwaffnenden Ton, den er so gut draufhat.

Ich lächelte zurück und schmiß ihm die anderen zwei Dutzend Fotos hin, die ich von ihm habe, – die, auf denen er es mit irgendeinem anderen – gewöhnlich einem Jock oder Peter oder Lance oder wem auch immer – unter den Laken eines Stundenhotels mit rissigen Wänden treibt. Das ließ ihn dann doch stutzen. Obgleich wir in den verschwiegenen High-Tech-90ern leben, wird so etwas in der Wall Street nach wie vor nicht sehr gerne gesehen.

»Was wollen Sie?« fragte er.

»Raten Sie mal!«

»Ohne Scheiß, Eddie, was wollen Sie für die Dinger? Wenn es um Geld geht ...«

Ich schüttelte den Kopf – was glaubte dieses Arschloch eigentlich, daß sich die ganze Welt so einfach kaufen und verkaufen läßt wie er selbst? Vergiß es! »Nichts zu machen, Dan. Wenn Sie meinen Preis wissen wollen, kommen Sie morgen nach der Arbeit auf die Herrentoilette im zehnten Stock. Dort bekommen Sie meine Antwort.«

Ich verließ das Büro, ohne auch nur sein Einverständnis abzuwarten – wahrscheinlich hatte er rumgebrüllt und ein paar obszöne Flüche ausgestoßen, aber abends erschien er, wie ich es mir gedacht hatte. Er sah furchtbar aus, als hätte er den ganzen Tag in voller Kleidung auf einem ungemachten Bett geschlafen. Seine Augen waren geschwollen, und seine Wangen hingen schlaff herunter. »Okay, Eddie, hier bin ich. Was ist der Preis?«

»Dein Arsch«, informierte ich ihn. Das wird ein Spaß, dachte ich. Als würde man ihn dem Schläger 'reinstecken, der einem in der Highschool immer das Leben zur Hölle gemacht hatte. Aber diesmal hatte ich mir wirklich etwas überlegt, wie ich es ihm heimzahlen konnte, und wir würden nicht quitt sein, ehe ich es nicht in die Tat umgesetzt hatte.

»Ich bin nicht zu Scherzen aufgelegt, Eddie«, sagte er. Der Drecksack glaubte, ich mache Witze, also öffnete ich die Nylontasche, die ich jeden Tag mit zur Arbeit nehme. Ich brachte ein Paar Handschellen zum Vorschein und ließ sie vor ihm baumeln, wobei ich darauf achtete, daß er das Klicken des silbernen Metalls hörte.

»Du stehst nicht auf sowas, stimmt's?« Ich wußte, daß er das nicht tat, aber sein Gesichtsausdruck war unbezahlbar – halb Angst, halb Wahnsinn, wie eine in die Enge getriebene Ratte.

»Das ist nicht witzig«, sagte er. Mir war das nur recht, ich wollte ihn damit lediglich erschrecken und hatte andere Pläne mit meinem wunderbaren, verzweifelten Boss.

Dans Blicke schossen durch den Raum: fleckige Kacheln überall, dazwischen stellenweise Schwamm, deckenhohe Spiegel, verchromte Armaturen. Ich hörte die Spülung einen Stock tiefer – offenbar hatten heute noch nicht alle das Gebäude verlassen. »Warum im Klo, Eddie? Das ist ekelhaft!«

Ich zuckte die Achseln. Warum? Wer weiß? Keine Kameras, das ist vermutlich der Hauptgrund. Wenn wir es in irgendeinem Schlafzimmer treiben würden, sähe es etwas zu sehr danach aus, als würden wir wirklich aufeinander stehen. Was ich wollte, erforderte jedenfalls eine etwas weniger förmliche Umgebung.

»Wie ist das, Dan?« fragte ich und kam bis auf wenige

Schritte auf ihn zu. Ich stand direkt vor ihm, so wie er es immer bei mir gemacht hatte. »Kein Oberwasser diesmal, niemand, den du für deine Fehler anschnauzen kannst. Wie ist das, na? Immer noch geil? Gibst du dir auch richtig Mühe?«

Ich packte seine Eier. Mann, er war hart wie'n Felsbrocken. Wegen seiner weiten Hose war nichts zu sehen, aber er hatte einen Riesenständer da unten. Gut so, es hätte mir sehr mißfallen, enttäuscht zu werden.

»Du willst's wohl wissen«, grinste er höhnisch, und dann packte er mich zu meiner Verblüffung an den Schultern, zog mich zu sich heran und gab mir einen Kuß, der das Eisen meiner Gürtelschnalle zum Schmelzen hätte bringen können. Sein Mund war weit geöffnet, heiß und dunkel. Dies änderte alles, und plötzlich fühlte ich das Bedürfnis, ihm die Kehle hinunterzuspringen und mich dort unten zu verkriechen.

Ein paar Sekunden lang wußte ich nicht mehr, was ich hier eigentlich wollte. Rache schien nicht mehr wichtig, und im Augenblick war sie das letzte, worum ich mich geschert hätte. Ich wollte einzig und allein Dans Hosen runterkriegen, also fummelte ich an seiner Gürtelschnalle, während ich mich von seinem Mund löste, um Atem zu holen. Er war schon dabei – und das sprach für ihn –, seinen Schlips zu lockern und dazu die ersten Knöpfe an seinem Hemd aufzureißen. Offensichtlich fing das Ganze an, für uns beide interessant zu werden.

Im Handumdrehen hatte ich seine Hose unten: Sein Schwanz war riesig, fünfundzwanzig bis dreißig Zentimeter lang, mit einem Durchmesser von vielleicht sieben Zentimeter. Kein Wunder, daß er so viel herumvögelt, dachte ich. Mir lag nur noch daran, dieses Ding in den Hals zu kriegen, und Dan half bereitwillig nach. Im Grunde war er

mir etwas zu sehr willig, als er meine Schultern vor und
zurückstieß, um meinen Kopf auf seine phantastische Latte
aufzuspießen.

Ich fürchtete fast, an dem Fleischbrocken zu ersticken,
aber er schien mich nicht umbringen zu wollen. Ich riß
mich also zusammen und nahm mir Zeit. Ich arbeitete mich
an seinem Schaft nach unten und genoß seinen Geschmack.
Nach kurzer Zeit begann Dan zu seufzen, und ich entschloß
mich zu einem Spielchen. Ich wollte sehen, wie laut ich ihn
zum Stöhnen bringen konnte.

Die besten Töne gab er von sich, als ich mit einer Hand
seine Eier streichelte, während ich mit den Zähnen sanft in
seine Schwanzspitze biß und vorsichtig an der Spalte in der
Eichel knabberte. Ich lauschte auf sein Atmen – auf diese Art
finde ich gewöhnlich heraus, wie scharf mein Lover ist –,
aber diesmal konnte ich nur das Geräusch meines eigenen
gierigen Schlabberns vernehmen, mit dem ich ihn tiefer
aufnahm und bei jedem Schlucken sein Fleisch und seinen
Geruch in mich einsog.

Dann ging ich zu weit. Ich wollte ihn noch nicht kommen
lassen, weil ich selbst noch nicht so weit war. Aber Dan riß
mich an den Haaren, verkrampfte sich, erzitterte und schoß
mir seine Ladung auf die Zunge und tief in die Kehle hinein. Unwillkürlich schluckte ich zwei- oder dreimal.

»Ich hoffe, du hast's genossen, Eddie«, grunzte er. »Ich
ganz bestimmt. Du hast bestimmt 'ne ganze Menge Übung,
was?« Ich spürte, wie seine Muskeln sich entspannten, als
er sich leicht auf mir abstützte.

»Mit dir bestimmt nicht.« Als er sich daran machte, wieder in die Klamotten zu kommen, runzelte ich die Stirn und
sagte: »Warum so eilig? Hast du'n Problem damit, genauso
zu geben, wie zu nehmen, Dan, oder ist es nur so, daß du
nach dem Ficken einfach abhaust?«

Er schaute mich mit einem Was-redest-du-da-eigentlich-für'n-Scheiß-Blick an, einem geringschätzigen Ausdruck, mit dem er gewöhnlich in der Mittagspause die Leute auf der Etage bedenkt. Sein Schwanz war leicht geschrumpft und streckte sich mir wie ein anklagender Finger entgegen, als hätte ich etwas Falsches getan, als ich ihn bediente, anstatt zur Abwechslung umgekehrt.

»Hosen runter, Dan!«

Er führte seine Hände an die Seiten, und seine Hose fiel erneut auf seine Schuhe.

Im Innern war er unglaublich eng, gleich einem Schraubstock, unter dem ein Feuer brennt und der meinen Schwanz einzwängte und ihn mit seiner Hitze versengte. Ich hing an seinen Hüften und versuchte, ein Gefühl für seine Dimensionen zu gewinnen, versuchte, einen Punkt zu finden, von dem aus ich loslegen konnte. Plötzlich wechselte er die Stellung, beugte sich ein wenig vornüber, als wolle er es wirklich genießen. Ich machte mich ans Werk, stieß tiefer in ihn hinein, krallte mich wie mit Klauen wild in sein Fleisch.

Das Gefühl beim Eindringen war phantastisch. An unterschiedlichen Stellen war er weich und hart zugleich; Muskeln und Knochen arbeiteten im Takt mit mir zusammen und gegen mich. Ich zog den Schwanz langsam heraus, und es war, als bearbeite ihn ein großer, feuchter Schaber, der eine Schicht von Haut abschürfte, unter dem alten, toten Material jedoch frische, neuen Haut zurückließ. Ich stöhnte vor Lust und mußte erstaunt feststellen, daß es fast genauso klang wie die Laute, die Dan zuvor ausgestoßen hatte.

Nach kurzer Zeit stieß ich steinhart in ihn hinein und wieder hinaus; ich näherte mich dem Rand des Abgrunds, stürzte schließlich über die Klippe und hob dann ab, während ich unter Spasmen in ihn abspritzte.

Als ich mich zurückzog, war mein Schwanz rot und wund, aber das war in diesem Augenblick egal. Es zählte allein die Tatsache, daß mein kleiner Rachefeldzug sich in eine köstliche Zwischenmahlzeit verwandelt hatte, und mir kam – wenn auch nur flüchtig – der Gedanke, daß ein Kompromiß auch seine Vorzüge haben mochte.

HIMMEL

Michael Chelsea

Während ich in einen bequemen, reichlich weichen Sessel sinke, überlege ich, was dies doch für ein beschissener Tag war. Zuerst verpasse ich heute morgen den Bus, und dann geht mir am Nachmittag der Deal durch die Lappen.

Die Katze springt mir auf den Schoß und will es sich bequem machen, aber ich ärgere mich nur über die Unmenge Haare, die sie verliert. Ich scheuche sie von meinem Schoß und ziehe vorübergehend ihren Zorn auf mich. Sie ignoriert mich und zieht es vor, ihr Hinterbein zu putzen. Ich seufze und lasse mich ins Leder zurückfallen.

Die Aktiengeschäfte waren nicht gut gelaufen, und mein Klient hatte eine beachtliche Summe eingebüßt. Er war reich genug, um es auf die leichte Schulter zu nehmen, aber die Fehlspekulation nagte an meinem Stolz. Ich bin ein viel zu guter Makler, um die Zeichen so fehlgedeutet zu haben.

Die Nun-ja-derart-bricht-der-Aktienmarkt-nun-mal-zusammen-Haltung meines Klienten machte es nicht besser.

Ich schüttle den Kopf und denke mir, etwas Ablenkung würde mir gut tun, um mich aufzurappeln und aus dem tiefen Loch, in dem ich stecke, herauszukommen. Schließlich ist Freitag. Es schadet nichts, wenn ich heute abend weggehe. Ich mache mich auf ins Schlafzimmer, um mich umzuziehen.

Es dauert eine Weile, bis ich entscheide, was ich anziehe, und eine cremefarbene Leinenhose zu einem weißen Hemd wähle. Ich schaue mich von oben bis unten im Spiegel an und finde, daß ich toll aussehe. Mein Haar ist lang, blond und reicht bis eben auf die Schultern. Ich kämme es streng zurück. Meine Augen sind blau und meine Gesichtszüge markant. Meine Brust ist breit und meine Hüften schmal. In meiner Hose ist eine bemerkenswerte Beule, selbst wenn ich keinen Ständer habe.

Ich nicke, greife nach meiner Lederjacke und tätschle beim Hinausgehen der Katze den Kopf.

Es ist noch nicht spät, aber die Straßen sind nicht so belebt, wie man es an einem Freitagabend annehmen könnte. Es ist angenehm kühl, und ich beschließe, zu Fuß in die Innenstadt zu gehen.

In jeder Straße, so scheint es, gibt es Clubs, jeder mit anderen Verlockungen: sowohl hetero als auch schwul. Im Vorübergehen höre ich Bruchstücke von Unterhaltungen und Musikfetzen. Leute gehen ein und aus; manche wirken gewöhnlich wie Asphalt; andere einmalig wie ein makelloser Nachthimmel. Ein Etablissement erregt besonders meine Aufmerksamkeit.

Es ist ein Schild, auf dem rot auf schwarz *Dante's* steht. Ich folge einer Laune und trete ein. Die Musik ist nicht sehr laut, und obwohl der Eintritt teurer ist als bei den meisten sonst, sagt mir irgend etwas, es könnte den Preis wert sein, nachzusehen, was es drinnen gibt.

Im Innern ist es dunkel, kaum Licht genug, um etwas zu sehen. Das Dekor ist leuchtendrot und tiefschwarz gehalten: Samt und Satin, Spitzen und Seide. Die Sitzgruppen wirken klein und intim. Viele Gäste – ausschließlich Männer – an kleinen, runden Tischen; einige sitzen im Gespräch zusammen, andere sind alleine da. Sie wirken entspannt, gelöst, was in mir den Eindruck erweckt, gut daran getan zu haben, hierherzukommen.

Ich wähle einen Tisch, und augenblicklich kommt ein Kellner, um meine Bestellung entgegenzunehmen. Er überreicht mir eine kleine Karte mit einer Nummer und informiert mich, es handele sich um die Mitgliedskarte des Clubs. Ich nehme sie entgegen und bestelle. Er nickt, lächelt und verschwindet.

Ich schaue mich interessiert um. Auf einer Tanzfläche in der Mitte des Raumes wiegen sich einige Paare, die sich umarmt halten, im Takt der Musik. An beiden Enden befindet sich eine große Doppeltür. Auf der zu meiner linken steht in schwarzen Eire-Lettern HÖLLE, auf der zu meiner rechten steht in Camelot-Schrift HIMMEL.

Der Kellner bringt mir den Drink und bemerkt, daß ich mich für die beiden Türen interessiere. Er lächelt.

»Wenn Sie experimentieren möchten«, bemerkt er mit den Lippen nah an meinem Ohr, »brauchen Sie es mir nur zu sagen, und ich bringe Sie zur Tür Ihrer Wahl.«

Ich lächle ihn an und schüttle den Kopf, bevor ich den Kelch des Glases ergreife und den Wein koste. Als ich wieder aufblicke, steht der Kellner noch immer neben mir. Er grinst mich an und beugt sich herunter, um meine nicht gestellte Frage zu beantworten. »*Hölle* ist der Ort, wohin Sie gehen, wenn Sie gefährlich leben wollen. Es ist ziemlich ungesetzlich. *Himmel* ist ebenfalls ziemlich gesetzwidrig, aber Sie leben weniger gefährlich, wenn Sie dorthin gehen.«

»Ich bin mir nicht sicher, ob ich überhaupt *leben* will.«

»Sehr wohl, Sir«, sagt er und geht, um die Bestellungen anderer Gäste auszuführen.

Ich sitze lange Zeit da und beobachte die anderen Männer beim Tanzen, Reden, Trinken, Lachen. Ich fühle mich ausgeschlossen. Zuweilen geht einer oder auch mehrere durch die eine oder die andere Tür. Wenn sie zurückkommen, liegt ein solcher Ausdruck von Befriedigung auf ihren Gesichtern, daß es beinahe schmerzhaft für mich ist, hinzusehen.

Wie von selbst hebt sich meine Hand, und sofort steht der Kellner neben mir. Er lächelt, als habe er seit meiner Ankunft gewußt, daß ich durch eine der Türen treten werde. Er faßt meinen Ellbogen und fragt mich: *Himmel*, Sir? Oder soll es die Hölle sein?«

»Himmel«, sage ich, und er geleitet mich zu der Tür. Ich trete ein und stehe in einem langen Korridor mit weiteren Türen. Hinter einem kleinen Tisch sitzt ein Mann mit einer Maske, der mir einen numerierten Schlüssel überreicht und mich zu einer Tür weist. Meine Schritte sind lautlos, als ich auf die Tür zugehe.

Der Schlüssel dreht sich im Schloß, und die Tür öffnet sich. Obgleich es in dem Zimmer dunkel ist, kann ich in der Finsternis ein wenig sehen. Die Wände sind mit Vorhängen aus reinweißer Gaze behängt. Ich kann die Laute von Glockenspielen im Wind und Atemgeräusche hören.

Er sitzt auf einem Stuhl an der Wand. Ich kann seine Gesichtszüge nicht erkennen. Ich glaube, er trägt eine Maske, aber eine andere als die Wache.

»Wollen Sie sich nicht setzen?« fragt er. Ich bin vom

Klang seiner Stimme überrascht. Plötzlich, fast ohne darüber nachzudenken, wie ich hierhergekommen bin, sitze ich
auf dem Bett. Er steht auf. Mein Atem stockt, als er auf
mich zukommt; ich schließe erwartungsvoll die Augen.

Seine Lippen senken sich auf meine; sie sind weich, aber
fest. Er öffnet meinen Mund, und seine Zunge beginnt mit
der meinen zu spielen. Seine Hände legen sich auf meine
Schultern, er knetet meine Muskeln. »Du bist so stark«, flüstert er dicht an meinem Mund. Ich spüre, daß er sich
bemüht, die Verspannung in meinem Genick zu lösen.

Er bewegt seine Hände von meinem Nacken zu meinem
Jackett und zieht es mir aus. Seine Finger streicheln meine
Arme. »Solch kräftige Arme«, flüstert er in seiner seltsamen, jugendlichen Stimme. Er nimmt das Jackett, legt es
sorgfältig über die Stuhllehne und beginnt, mein Hemd auf-
zuknöpfen. Seine Finger reiben an meiner Brust, als er mir
das Kleidungsstück auszieht. Er läßt es hinter mir aufs Bett
fallen und massiert mit den Daumen meine Brustwarzen.
Ich schnappe nach Luft. Sein Mund senkt sich auf die harten Nippel. Er leckt und saugt an ihnen, während seine
Hände sich am Reißverschluß meiner Hose zu schaffen machen.

Er zieht ihn nach unten, während sich sein Kopf ebenfalls
abwärts bewegt. Seine Lippen küssen meinen Torso, und
seine Zunge zieht eine Spur glühenden Feuers entlang der
dünnen Linie von Haaren, die zu meinem Schwanz führt.

Ohne haltzumachen, fährt er fort zu lecken und zu küssen, die Innenseite meine Schenkel entlang, ohne meinen
Schwanz auch nur zu berühren, und er macht weiter, bis
meine Hose und die Unterwäsche in einem Bündel auf dem
Fußboden liegen.

»Wer bist du?« flüstere ich. Er verschließt mir die Lippen
mit dem Finger.

»Schhhht … Entspanne dich einfach. Laß mich dich glücklich machen.«

Ich lege mich zurück und lasse ihn genau dies tun, während er an meinem Bein wieder aufwärts leckt, in meinen Schritt hinein.

»Mmmhhh …«, atmet er, als er nichts weiter als die Spitze meines Ständers in den Mund nimmt. Er saugt daran, und seine Zunge kreist flink um die angeschwollene Eichel. Seine Hände kneten meine Eier und umschließen dann die Wurzel des Schafts.

Dann geht er wieder dazu über, meinen Körper zu streicheln. Sein Mund senkt sich über meinen Schwanz.

Seine Lippen, die sich auf und ab bewegen, bereiten mir süße Qual. Sein Finger dringt in meinen Mund ein, und ich sauge sanft daran. Als er ihn wieder herauszieht, lasse ich ein leises Winseln hören.

Er führt seinen von meinem glänzenden Speichel bedeckten Finger meine Brust entlang, um die Schambehaarung herum, und steckt ihn in mein enges Arschloch. Ich stütze mich ab, um ihn einzulassen, während er die Öffnung umkreist und dann nur ganz wenig eindringt. Er liebkost die Innenwände meines Rektums. Sanfte elektrische Schläge durchzucken meinen Unterleib, und mein Herzschlag beschleunigt sich, als er den Finger vollständig hineinbohrt.

»Fick mich! … Bitte! …«

»Dein Wunsch sei mir Befehl«, flüstert er und dreht sich um, damit ich ihn in den Mund nehmen kann. Sein Schwanz ist groß; meine Augen öffnen sich weit bei seinem Anblick. Seine Eier pendeln über meinen Lippen wie verlockende Früchte. Er ist steif, einfach nur weil ich ihn errege, so scheint es. Ich muß nichts tun und kann mich völlig der Lust hingeben.

Er steigt hinab auf den Fußboden, kniet sich hin und beginnt, in meinen Mund zu stoßen. Ein und aus; gegenläufig zum Rhythmus seines Mundes über meinem Schwanz. Ich sauge ihn tief ein und genieße den Geschmack; ich kann es nicht länger erwarten, ihn in mir zu spüren.

Er zieht sich zurück und dreht sich erneut um, hebt meine Beine über seine Schultern und dringt sofort in mich ein. Sein feuchter Schwanz durchstößt meinen Schließmuskel und füllt mich allmählich völlig aus – als wüßte er seit langem, daß ich es genau so mag. Er stößt fest vor und zurück und findet einen Rhythmus zwischen sanft und wild. Seine Hände stützen sich zu beiden Seiten meines Kopfes auf dem Bett ab. Meine Hände wühlen in seinem dichten, dunklen Haar. Unsere Münder sind mit gierigen Zungen ineinander verschweißt. Er duftet nach Salz und Würze.

Ich spüre ihn hart wie Stein in mir. Mein eigener Schwanz zuckt heftig. Es schmerzt, aber es ist ein Schmerz, den ich will, den ich brauche. Ich ziehe ihn dichter an mich, um seinen ganzen Leib zu fühlen. Die Beine passen sich der neuen Stellung an, und die winzige Bewegung führt dazu, daß sein Schwanz noch tiefer in mein Inneres getrieben wird. Ich höre mich selbst nach Atem ringen.

Außer seinem keuchenden Atmen und einem sanften Stöhnen ist er ganz still. Seine Arme halten mich umschlungen, seine Finger wühlen in meinen Haaren. Mit kleinen Kreisbewegungen stoßen seine Hüften gegen meine; zwischen uns bilden sich Seen von Schweiß.

Mit einem Mal überkommt mich ein dringendes Bedürfnis nach Entladung. Ein Blitz aus weißem Licht blendet meine Augen, und ich explodiere gegen seinen Bauch und überschwemme seine Haut mit Strömen milchigweißer Flüssigkeit. Als er mich kommen spürt, wirft er den Kopf zurück und verströmt literweise, wie es scheint, flüssige Glut tief in mich hinein.

Schwer atmend und schweißgebadet bricht er über mir zusammen. Er rollt zur Seite und dankt mir. Kurz darauf steht er auf, nimmt meine Kleider und hilft mir mit ernster Miene hinein. Ich greife nach meiner Brieftasche; sicher muß ich etwas geben für das, was er mir gegeben hat.

Er hebt seine Hand. »Das ist nicht nötig. Es war mir ein Genuß, Ihnen zu dienen.« Er hält inne. »Sie haben keine Ahnung, einen welch großen Genuß.« Er geht zur Tür, öffnet sie und läßt mich hinaus.

Ich gehe auf der Suche nach dem *Dante's* die Straße auf und ab, kann es aber nicht finden; es ist verschwunden, als habe es nie existiert. Vielleicht ist es aus irgendeinem Grund geschlossen worden. Als ich es vor ein paar Wochen verließ, konnte ich kaum glauben, daß ich mich von jemandem hatte ficken lassen, den ich überhaupt nicht kannte. Aber Sorgen machte ich mir trotzdem nicht. Im *Himmel* konnte einem nichts passieren.

Ich bleibe dort stehen, wo *Dante's* sich einst befunden hatte, und lehne mich an die Mauer des Gebäudes.

Während ich so dastehe, tritt jemand an meine Seite. »Kann ich Ihnen helfen?« Die Stimme kommt mir sonderbar vertraut vor.

Ich schaue ihn an: dunkelblondes Haar umrahmt ein markantes, gutgeschnittenes Gesicht. Seine Augen sind wie meine, blau. Er lächelt.

»Früher war hier ein Club«, sage ich. »Ich habe mich nur gefragt, wo er geblieben ist. Es gab da jemanden, den ich … aber das tut nichts zur Sache.« Noch immer kann ich mich nicht erinnern, wo ich ihn schon gesehen habe. »Es klingt vielleicht verrückt«, fahre ich fort, »aber Sie kommen mir bekannt vor. Haben wir uns vielleicht schon einmal gesehen?«

Er grinst, lacht ein wenig. »Oh, ich weiß nicht, anscheinend habe ich so ein Gesicht.« Er stockt. »Meine Mutter nannte mich immer ihren kleinen Engel.«

»Natürlich …« Plötzlich weiß ich, woher ich ihn kenne.

Er berührt meinen Arm, und ein Stromschlag durchzuckt mein Herz. »Hallo«, sagt er, »ich heiße Sean.«

NÄCHTLICHE RUHESTÖRUNG

Don Rigger

Ich sollte den Anrufbeantworter einschalten, um die Zeit ruft kein normaler Mensch noch an. Aber was, wenn jemand gestorben ist oder so? Ein Läuten folgt auf das andere, während ich überlege, ob ich rangehen soll; dann nehme ich den Hörer von der Gabel.

»Hallo …«

Am anderen Ende herrscht Stille; ich höre Geräusche im Hintergrund, fast als ob – ja, es ist die neue Gruppe, wie heißt sie gleich?…Dann ein Geräusch, als ob irgend etwas sich bewegt, wie eine Schlange, die durch eine Stahlröhre kriecht, und dann ein sehr lautes »Klick«.

»Hallo…Hmmm?«

»Wer ist da?«

»Wie geht's?…Du klingst, als hätte ich dich aufgeweckt.«

Ich schaue auf die Uhr – fast zwei Uhr morgens –, am

liebsten würde ich das Arschloch am anderen Ende der Leitung anschreien, »Du *hast* mich aufgeweckt, du Idiot; geh' schlafen, wie jeder normale Mensch«, aber ich lasse es bleiben. Statt dessen liege ich einfach im Halbschlaf da, halte mühsam die Augen offen und kämpfe gegen den Schlaf, der mir noch in den Lidern hängt. Mein Hals ist rechts ganz steif – ich muß auf dieser Seite geschlafen haben.

»Was willst du?« Klingt nach einer unverfänglichen Frage. Eigentlich sollte ich auflegen, wirklich, es gibt nicht den geringsten Grund, warum ich mit diesem Stöhnfritzen reden sollte.

»Hmm.« Warum sagt er das ständig? Ein Sprachtick oder so was? Meine Mutter hatte einen, mit dem sie mich mein ganzes Leben lang nervte. »Wollte nur reden.«

»Hättest du dazu nicht auf meinen Anrufbeantworter sprechen können? Tagsüber vielleicht, oder so?«

»Macht nicht so'n Spaß. So ist's viel besser.«

»Inwiefern?«

Im Geist zwicke ich mich – ich bin viel zu weit gegangen, habe meine Beine sozusagen weit vor ihm gespreizt, was sein Ego ermuntert hat, ein Stück weiter in den Tunnel zu fahren, die Brieftasche aus dem Handschuhfach zu nehmen und 25 Cent Mautgebühr zu zücken. Er glaubt anscheinend, er spreche auf einer Fick-mich-Partyline, nur daß die Party schon lange vorbei ist und ich nicht für diese Scheiße bezahlt werde. Ich strecke also den Arm aus und versuche, den Hörer zurück auf die Gabel zu legen, aber er schreit mich an, dazubleiben, nicht aufzulegen, und dabei klingt er wie ein Verrückter, der mir einreden will, er sei in Wirklichkeit ein Kind, das keiner versteht. Vielleicht spielt bei uns beiden ein Stück Sentimentalität mit, aber ich möchte, daß er glaubt, ich falle auf ihn rein, also halte ich den Hörer wieder ans Ohr.

»Danke, Mann«, sagt er. Seine Stimme klingt wie die eines Teens, weich und sanft, fast wie die einer Frau, aber ich kenne kein Mädchen, das am Telefon so verängstigt klingt – Frauen leben am Telefon bekanntlich immer auf. »Ich bin Tack.«

Tack? Nennt sich selbst wie ein scharfes, spitzes Ding, mit dem man Zettel ans Schwarze Brett heftet – kein Akzent. »Ich bin Joe. Worüber möchtest du sprechen, Tack?«

»Wie siehst du aus, Joe? Biste groß oder was? Ich bin groß – turnt die Jungs ab.«

Sein Begriff von groß konnte alles bedeuten – ich bin 1,75 groß und hatte nie größere Probleme, jemanden kennenzulernen. Aber ich mag große Kerle – es ist einfacher, sich auf gleicher Ebene zu küssen, Küsse, wie man sie normalerweise im Bett bekommt. Sex im Bett bei gleicher Körpergröße heißt auch noch etwas anderes, wie steife Schwänze, die sich wie Schlangen umeinander winden, Blut, das in meinen Schwanz schießt, ihn hart werden läßt, mich fast verrückt macht, das meine Hände in Schraubstöcke verwandelt, sie sich in festes Fleisch an Hüften und Schenkeln vergraben – schweißnasses Fleisch, das so wundervoll schmeckt…

»Bist du groß, Joe?« fragt er. Ich klinke mich aus meiner Vision aus – frage mich, wie der Kerl aussehen mag, versuche mir vorzustellen, wie er auf meine Fragen reagieren wird.

»Möchtest du dich beschreiben, Tack? Ich höre zu.«

»Ich bin kein Schwarzenegger, nicht mal annähernd.«

Fast muß ich darüber lächeln – er ist ehrlich. Normalerweise ist nichts von Ehrlichkeit zu spüren bei diesen Fickmich-hart-denn-ich-zahl-mich-dumm-und-dämlich-dafür-Anrufen. Er atmet ruhig und gleichmäßig, zu ruhig. »Spielst du mit den Händen an deinen Eiern 'rum, Tack? Turn' ich dich so an?«

»Hmmmm-mm«, stöhnt er. Ich bemerke, daß er einen Moment lang etwas tiefer atmet, und ein winziges Prickeln in meinem Sack zeigt mir die Intensität dessen, was jetzt hier abläuft. Er ist allein – er muß es sein, sonst würde er das hier nicht tun, allerdings frage ich mich, ob mir das schmeicheln oder mich anekeln soll. Gewöhnlich rufen normale Menschen nicht um zwei Uhr nachts auf gut Glück irgendwen an. Andererseits hängen normale Menschen auch auf, wenn sie solche Anrufe bekommen, oder?

»Erzähl' mir was, Joe. Wie siehste aus?«

Mir fällt auf, daß er meine Frage nicht beantwortet hat, warum also sollte *ich* ihm etwas erzählen? Ich stelle mir vor, wie er irgendwo in einem weit entfernten Viertel in einem Ledersessel sitzt, Hose und Unterhose um die Knöchel, seine linke Hand, die mit schwieligen Fingern locker, aber sicher den Hörer hält; die rechte Hand, mit der er seinen Schwanz wichst – lang, hart und aufrecht wie ein Soldat in Habachtstellung – und die Vorhaut (ich hoffe, er hat eine, das fühlt sich, glaube ich, besser an; ich weiß es nicht, ich bin beschnitten, aber ich habe Unbeschnittene immer um so etwas beneidet) langsam über die Eichel zieht. Vielleicht gleiten ein oder zwei Lusttropfen von der Kuppe herab. Meine Hände wandern zu meinem eigenen Gerät, streicheln meine weichen Eier, bringen meinen schlaffen Schwanz dazu, zu reagieren. Wenn es noch etwas länger dauert, ist er genauso hart wie seiner.

»Wie siehste aus, Joe? He, biste noch da?«

»Ja, ich bin noch da.« Ich hüstle – also dann. »Ich bin ungefähr einsfünfundsiebzig groß, wiege etwa 73 Kilo. Blondes Haar, grüne Augen – ich mache Krafttraining, Tack. Magst du Jungs, die Krafttraining machen?«

»Was für Krafttraining, Joe? Mit schweren Hanteln, wie die Muskeltypen im Fernsehen?«

»Nein.« Jetzt, da ich mich darauf einlasse, beängstigt es mich geradezu, wie einfach es ist. Sein Atem kommt nun schneller, und zuweilen kann ich ein Stöhnen tief aus dem Innern hören – nicht dem Innern des Telefons, aus *seinem* Innern. »Auge um Auge, Tack. Jetzt bist du an der Reihe. Wie siehst du aus?«

»Bißchen kleiner als du – vielleicht auch'n bißchen schwerer. Ich bin nicht sehr glücklich mit meinem Körper. Ich habe nie Krafttraining oder so was gemacht.« Eine Pause und dann »huh-hh-huh-uuh.« Offensichtlich macht er gerade andere Übungen.

»Ich wette, du hast einen tollen Arm, rechts wenigstens, Tack. Ich wette er ist stark – kräftige Muskeln, gute Reflexe. Traininerst du viel?«

»Ständig.«

Noch mehr Stöhnen, mein eigener Schwanz ist steinhart. Ich bemühe mich, normal zu atmen, langsam und gleichmäßig, aber es fällt schwer. Meine Hand läßt meinen Schwanz nicht los; das Bettlaken um meine Hüfte ist heiß und klamm. Um es zusammen mit der Unterwäsche bis zu den Füßen zu streifen, muß ich den Hörer zwischen Ohr und Schulter halten. Ich bin froh, daß noch nicht Hochsommer ist – dann läuft die Klimaanlage, und es ist kühl, so mitten in der Nacht. Meine Brustwarzen würden am liebsten durchs Zimmer schießen, und die Haut auf meinen Oberschenkeln kribbelt. Ein paarmal knarrt leise das Bett. Mir ist, als würde ich es auf einem Parkplatz auf dem Rücksitz eines Buick treiben – mein Rücken wird langsam steif, ein Ständer rubbelt an meiner Brust, mein Mund öffnet sich, um ihn aufzunehmen, das Gefühl heißen, roten Fleisches an meinem Gaumen, ein leicht salziger Geschmack in meiner Kehle, als sein Saft meine Zunge überschwemmt...

»Du klingst, als wenn du selbst 'ne Menge Handarbeit hättest, Joe«, sagt er. Er liegt nicht falsch, aber auch nicht ganz richtig. Sex ist etwas Komisches, das Gefühl von heißem Fleisch, das meinen Schwanz wie eine Art Schraubstock eingezwängt, war stets zu verlockend gewesen, um es nicht wahrzunehmen, wenn es sich mir bot. Aber seit ein paar Jahren ist es sonderbar. Man könnte sagen, die Motivation hat nachgelassen.

»Du fickst 'ne Menge mit Kerlen am Telefon, was Tack?« Er atmet jetzt schwer, allmählich beginnt er zu begreifen. Meine Stimme macht ihn immer geiler, bis zu dem Punkt, den er so sehr braucht. Das vertraute Prickeln, das mir verrät, daß ich selbst soweit bin, baut sich in meinen Eiern auf – ich muß aufhören, sonst ist es zu schnell vorbei. Ich versuche, gleichmäßig zu atmen, damit er die Veränderung nicht bemerkt, falls er überhaupt darauf achtet.

»Ahhh-hh«, antwortet er. Für mich klingt es wie ein Ja. »Mmmm.« Pause, wie ein Ringer, der weiß, daß er mit ein paar blauen Flecken aus dem Kampf hervorgehen wird, aber mit bei weitem nicht so vielen wie der andere. »Mann, das war toll, Joe.«

»Freut mich.« Ich bin fast beleidigt, daß er ohne mich gekommen ist. Ich halte den Hörer ans Ohr und stelle mir vor, ich könnte durch die Leitung in seine dunkle Wohnung sehen: ihn, lächelnd wie ein Junge, der in der Wichsgruppe als erster abspritzt und allen klarmacht, daß er der Beste ist, weil er der Schnellste war. Blöder Sport – mit dreizehn sollte man anfangen, richtig zu ficken, aber das ist nicht bei jedem so. Tack ist der Beweis, oder?

»Du hast nicht abgespritzt, was?« Mir fällt fast der Hörer aus der Hand – der Kerl kann wohl Gedanken lesen, er weiß, was ich mache und warum ich noch immer dran bin …

»Du hörst dich an, als bräuchtest du noch etwas Unterstützung. Wie wär's, wenn ich dir 'n bißchen helfe. Du hast mir auch geholfen, stimmt's?«

»Stimmt.« Ich fange wieder an zu wichsen und stelle fest, daß mein Schwanz schlaff wie ein Luftballon ist. »Etwas Reden würde mir helfen, Tack. Hast du Lust?«

»Klar. Klingt, als ob du's wert wärst. Konzentrier' dich auf das, was du willst – was willste, Joe? Du willst 'n schönes, warmes Arschloch für deinen Schwanz? 'n gutes, enges, das dich besser quetscht, als deine Hand 's je könnte? Oder stehst du mehr auf Blasen, hm? Du hörst dich an, als ob du 'nen Mund bräuchtest, der dich so richtig trockenschleckt.«

Er gibt sich wirklich Mühe, es interessant zu machen, vielleicht eine Idee zu viel: Mit seiner Zunge und dem Mund macht er laute Schleckgeräusche, damit ich wieder 'nen Ständer bekomme – der Junge scheint zu wissen, worauf es ankommt, wenn ich's brauche. Die meisten realen Partner haben nicht dieses Einfühlungsvermögen, was darauf hindeutet, daß er das hier schon sehr lange macht.

Ich tue mein Bestes, um meinen Teil beizutragen, und stelle mir vor, mein Ständer sei bis zu den Schamhaarwurzeln zwischen den vollen Lippen eines Wahnsinnskerls vergraben; mit den Füßen auf dem Boden und seinem Kopf in den Händen ziehe ich ihn an seinen Nackenhaaren näher zu mir heran, dann schiebe ich ihn wieder weg; langsam und gleichmäßig bewegen sich meine Hände in einer für mich angenehmen Geschwindigkeit. Rein und raus, immer wieder, Ströme heißen Speichels umspülen meine fette Eichel, die sich tief in seine Kehle bohrt. Ich werde schneller, und Tack fängt wieder an zu stöhnen. Ich kann ihn vor mir sehen, diesen Alles-andere-als-Arnold-Lover, ein Mann, der mich, eigensüchtig und großzügig zugleich, dazu bringen will, abzuspritzen.

Meine Hände spüren, wie mein Schwanz steif wird, und mit einem gemeinen Grinsen im Gesicht, beginne ich wieder zu wichsen, daß meine Eier gegeneinander schlagen. Je schneller ich pumpe, desto lauter scheinen Tacks Lecklaute zu werden. Aus meinem Schwanz dringen Lusttropfen, rollen dick und klebrig an meinem Schaft hinab, um von meiner Faust weggeschleudert zu werden. Die Spannung zwischen meinen Beinen wird immer unerträglicher. In meinem Kopf wird Tack immer lauter, bis schließlich mein Schwanz birst und ich komme und eine Fontäne weißen Liebessafts fünfzehn Zentimeter hoch in die Luft schieße.

Ich ringe nach Atem – »Diesmal bist du richtig drauf abgefahren, Joe, das kann ich dir nur sagen.«

»Und ob«, gebe ich träumerisch zu. »Sieht ganz danach aus.«

Pause – nicht richtig unangenehm, aber einer von uns sollte etwas sagen. Er tut es. »Nächste Woche, Joe? Gleiche Uhrzeit?«

»Klar«, sage ich. Was soll's – schließlich wissen wir beide, was der andere braucht.

STU'S BAR & REPTILIENFARM

Sloan Ryder

Ich spürte das Brummen der Maschine zwischen meinen Beinen, das eine ständige Massage meiner Eier verursachte, die ganz und gar nicht unangenehm war. Genaugenommen fühlte es sich verdammt gut an. Ich packte den Lenker und drückte voll aufs Gas. Geschwindigkeit war mein Leben. Geschwindigkeit und Wind und Staub im Gesicht.

Die Wüste lag in purpur- und pinkfarbenen Schatten. Es war eine wirklich schöne Landschaft: Kakteen und Büsche säumten die Straße, und über allem lag Staub. Der schwarze Lack der Mühle war ganz grau und matt davon. Ich war schon lange unterwegs.

Niemand hatte mich bisher eingeholt, noch nicht; der Kampf, der mit dem Tod dieses Kerls geendet hatte, war eigentlich nicht meine Schuld gewesen. Aber ich wollte einfach keine Scherereien mit der Polizei haben, also machte ich mich aus dem Staub und tauchte in die Anonymität des guten, alten Südwestens der USA unter.

Da ich keinen Windschutz hatte, der mein Gesicht geschützt hätte, hatte die Fahrt durch die Wüste meine Kehle ausgetrocknet. Einen Helm trug ich nie. Ich war völlig verdreckt. Auf der rechten Seite tauchte ein Schild auf, das darauf hinwies, bis zu *Stu's Bar und Reptilienfarm* seien noch fünf Meilen zu fahren. Ich beschloß, dort haltzumachen; ich mag Schlangen (ich habe mir eine auf den linken Unterarm tätowieren lassen), und, verdammt! – Bars mag ich auch ganz gerne.

Es war wie ausgestorben. Kein Wunder, Stu hatte sein Etablissement genau am Arsch der Welt hingestellt. Ich bockte die Mühle auf und klopfte mir den Staub und Dreck von den Klamotten ab, als ich, wie einer aus einem B-Western, mit klickenden Sporen durch die Schwingtüren eintrat. Träge pendelten sie hin und her.

Im Innern war es dunkel, staubig und heiß. Es gab ein paar Tische und an der gegenüberliegenden Seite einen Bartresen. Über der Tür zu einem Nebenraum hing schief ein Schild mit einem Pfeil und der Aufschrift: ZUR REPTILIENFARM HIER ENTLANG.

Ich ignorierte das Schild und ging zur Bar. Dahinter stand ein schmächtiges Kerlchen mit einer großen, spitzen Nase und wischte mit einem schmutzigen Lappen den Tresen. Er sah mich, bemerkte meine Lederklamotten und meine langen Haare und steckte augenblicklich seinen dürren Arm in eine Kühlbox, um ein eiskaltes Bier für mich hervorzuziehen. Ich schnippte den Verschluß weg und kippte es in einem Zug herunter. Ich stellte die Flasche ab und sah schon eine weitere bereitstehen. An solch einen Service konnte man sich gewöhnen. Möglicherweise würde ich sogar dafür zahlen.

»Wo soll's hingeh'n?« fragte der Kerl hinter der Bar mit einer weinerlich näselnden Stimme.

Ich schaute ihn an. Sein Akzent klang, als käme er aus Brooklyn. Jedenfalls stammte er nicht aus dem Südwesten.

»Wie heißt du?« fragte er weiter. Er fing an, mich zu nerven, aber da er das Bier gut gekühlt hielt und für Nachschub sorgte, war ich geneigt, großzügig zu sein.

»Ich will dir mal was sagen, du halbe Portion«, meinte ich und donnerte die letzte leere Flasche so hart auf den Tresen, daß sie zerbrach, »für so'n kleinen Kerl hast du'n ziemlich großes Maul. Warum hältst du's nicht einfach und bringst mir was zu futtern, falls was da ist.«

In seine Augen trat ein seltsamer Glanz, der mich beunruhigte. Ich wußte, daß er mir körperlich nicht gewachsen war, deswegen hatte ich keine Angst vor ihm. Nein, es war eindeutig etwas anderes.

Er servierte mir irgend etwas Texanisch-Mexikanisches – heiß und scharf, genau wie ich es mag. Ich setzte mich an einen Tisch, der nicht allzu schmutzig war, und fing an zu essen. Der Kleine nahm auf dem leeren Stuhl Platz, nachdem er mir ein weiteres Bier gebracht hatte. Vielleicht glaubte er, er könne mich besoffen machen. Keine Ahnung, von Bier bin ich noch nie betrunken gewesen.

Er schaute mich weiterhin an, allerdings mit glänzenden Augen und einem merkwürdigen Zug um die Lippen.

»Du bist Stu?« fragte ich, um die Zeit totzuschlagen.

»Hm-hm.« Er blickte mit braunen Dackelaugen zu mir auf und schluckte, wobei sein Adamsapfel auf und ab hüpfte. Jetzt wußte ich, was es war: Er war aufgeregt. Nicht nervös aufgeregt, sondern erwartungsvoll aufgeregt. Er stand auf mich.

Vielleicht ließ sich etwas daraus machen. Ich war fast pleite, und der Bock fraß eine Menge. Sprit kostete Geld.

Und zu Arbeit war ich eindeutig nicht geschaffen. Gewiß, ich hätte es stehlen können, aber warum sollte ich mich in Schwierigkeiten bringen, wenn ich ein bißchen Spaß haben konnte.

Nicht, daß dieser Stu etwa gut aussah – nicht die Bohne. Er war so häßlich, daß ich hätte schwören können, er sei von der Spitze eines häßlichen Baums gefallen und dabei auf jeden Ast geknallt.

»Hör mal, du Drecksack!« raunzte ich. »Mir gefällt nicht, wie du mich anglotzt.«

Stu wurde blaß. Er merkte, daß er zu direkt gewesen war, und glaubte, er habe einen Fehler begangen. Er quiekte eine Entschuldigung und stand vom Tisch auf. Als er hinter dem Tresen verschwand, folgte ich ihm. Ich trieb ihn in die Enge und stemmte beide Hände an die Wand hinter seinem Kopf. »Was willst du, Drecksack?«

Stu war nicht mehr bleich. Sein Kopf war jetzt tiefrosa wie der Wüstenhimmel im Zwielicht. In seiner Wange zuckte ein Muskel, und er blinzelte ein paarmal. Ich legte die Hand auf sein T-Shirt und fetzte es ihm vom Leib. Er schnappte nach Luft, aber der Drecksack fürchtete sich keineswegs. Mit einem schmutzigen Finger fuhr ich an seiner schmalen Brust entlang, über die Brustwarzen und hinauf bis zu der Grube unten am Hals. Er erschauerte. Mein Schwanz zuckte. Ich hatte nicht gewußt, daß der Kleine so drauf war; ein so häßlicher Kerl, der einen wie mich anmacht. Vielleicht war es seine Art, mich zu bedienen.

Ich legte ihm die Hand um den Hals; meine Finger berührten sich hinten. Ich senkte meinen Mund auf seinen. Ich spürte keine Leidenschaft, nur Lust. Ich fühlte, wie sich der Mund des Kleinen meiner Zunge öffnete, und lehnte mich gegen ihn und tat ihm den Gefallen. Der Schatten meiner Haare fiel über unsere Gesichter.

Meine freie Hand strich über seinen Körper, ertastete die knochigen Umrisse, rieb seinen flachen Bauch und spielte mit dem Bund seiner Hose.

Der Ständer in meiner Lederhose wurde zu einem einzigen riesigen Verlangen, das ich tief in das knochige Arschloch des Drecksacks rammen wollte. Ich wollte ihn lehren, mich anzumachen. Ich drängte mich an ihn und nagelte ihn mit meinem Körper an die Wand. Ich spürte, wie sein Schwanz sich gegen seine Hose drängte, und zog ihm einfach den Hosenschlitz auf.

Mit der Hand an seinem Hals beugte ich mich zurück und sagte: »Ausziehen!«

Sich meiner Hand um seinen Hals bewußt, bückte er sich. Er schlüpfte aus seiner Hose und Unterhose, während ich selbst die Lederhose öffnete und mich vor ihm entblätterte.

Er kam fast, als er mich sah: 25 Zentimeter, langes, dickes Bullenfleisch in Habachtstellung. Er schluckte, dann konnte er nicht widerstehen und griff danach. Seine Finger fühlten sich kühl und seltsam weich an. Aufgrund der Erregung, Stu zu nehmen, und das Gefühl seiner Hand an meinem Schwanz bekam ich einen steinharten Ständer.

»Laß das!« knurrte ich. Sofort zog er die Hand zurück. Ich drückte ihn fest gegen die Wand und schaute nach unten. Seiner war nicht annähernd so groß wie meiner. Aber er war steif und stand gerade von ihm ab. Es sah beinahe komisch aus.

Ich zog Stu nach vorne, drehte ihn um und preßte sein Gesicht an die Wand. Die Roheit, mit der ich vorging, ließ ihn grunzen, aber sie schien ihn nicht zu stören.

Ohne mir die Mühe zu machen, den Weg vorzubereiten, rammte ich ihm meinen riesigen Schwanz in sein kleines, enges Arschloch. Er schrie auf, als die Haut ein wenig einriß, aber dann wurde es leichter für ihn. Ich stieß vor und zurück, vor und zurück; rauh, wie er es zu mögen schien. Er war so locker, so wunderbar eng – so sanft, als ob man bei jedem Mal eine Jungfrau vor sich hätte. Und es machte ihm überhaupt nichts aus, daß jedesmal, wenn ich in ihn reinrammelte, sein Kopf gegen die Wand knallte.

Man hätte sich glatt daran gewöhnen können. Er war so winzig gebaut, daß ich zweifelte, ob ich ihn überhaupt gespürt hätte, wenn ich Stu in mir geduldet hätte; aber ihn zu ficken war irre.

Sein kleiner Schwanz klatschte gegen die Wand, und ich griff ihn, um Maß zu nehmen. Er war etwa 12 Zentimeter lang, aber steif erschien er größer. Wenn ich ihn flachgelegt hätte, hätte ich ihn wahrscheinlich zerquetscht, also spielte ich ein bißchen mit ihm. Mit dem Ohr nahe an seinem Mund konnte ich sein lustvolles Grunzen und Stöhnen hören, während ich sein enges Loch fegte. Schreiend kam er in meine Hand, es war klebrig und warm und mehr als ich ihm zugetraut hätte.

Das genügte. Ich explodierte in ihm, und Ströme flüssiger Glut badeten sein Inneres und meinen Schwanz. Als ich herauszog, rann der Saft Stus Schenkel hinab und tropfte von meinem Prügel. Er drehte sich schnell um, kniete nieder, und ehe ich auch nur daran denken konnte, ihn zurückzuhalten, leckte er mir die Sahne vom Schwanz. Ich war zu erschöpft, um nochmal von vorn anzufangen, aber er wäre vermutlich dazu in der Lage gewesen, okay – er mochte häßlich sein, aber er war 'ne prima Nummer.

Er setzte sich auf den Fußboden, wobei er seinen schmerzenden Hintern schonte. Ich lehnte mich an den Tresen, wischte mir mit der Hand übers Gesicht und fühlte die Bartstoppeln und die von zu viel Zeit auf der Straße ledrige Haut.

Ich grinste; man hatte mir schon gesagt, es sei ein furcht-

erregender Anblick, aber Stu hatte keine Angst. Er sah gut-
gefickt aus, und das gefiel mir. Nach einer Weile bückte ich
mich und zog die Hose hoch. Stu griff nach seiner, zog sie
an, wobei er das Gesicht verzog, als er sein Gewicht auf
den Hintern verlagerte, und stand auf.

»Okay, Stu«, sagte ich. »Das war nicht übel, aber jetzt
muß ich wirklich gehen. Die Zeche hab' ich wohl begli-
chen.« Ich drehte mich um und bewegte mich in Richtung
Schwingtür.

»He! Wie heißt du?« fragte er mich von hinten.

Ich drehte mich um und sah ihn am Tresen stehen. Er
hatte noch immer diesen Blick im Gesicht. »Duffy.«

»Kommst du mal wieder, Duffy?« fragte er hoffnungs-
voll.

»Denk' schon«, sagte ich. »Ich habe ja die *richtigen*
Schlangen noch nicht gesehen.« Und damit ging ich durch
die Tür, schwang mich in den Sattel, und die Vibration des
Motors liebkoste meinen satten Schwanz, als ich auf der
Wüstenstraße davonfuhr.

EIN SCHRITT VOM WEGE

Stephen Isenstyne

Nach Einbruch der Dunkelheit bleibe ich nicht draußen. Wenn die letzte Unterrichtsstunde vorüber ist, gehe ich gleich zur Bushaltestelle am Ausgang des Campus' und fahre sofort nach Hause. Es spielt keine Rolle, ob ich hungrig, durstig oder müde bin oder ob ich aufs Klo muß, ich versäume diesen Bus nie.

Mit der Dunkelheit ist es so eine Sache bei mir. Ich glaube, man könnte es Furcht nennen. Das Wort »Phobie« konnte ich noch nie ausstehen – erinnerte mich immer an das erste Wort mit »Phobie«, das ich lernte: »Hydrophobie«, eine andere Bezeichnung für Wasserscheu. Furcht ist keine Krankheit. Ich bin nicht krank, ich kann nur die Dunkelheit nicht ertragen. Selbst wenn es Straßenlampen gibt und Autoscheinwerfer und den Schein der Neonleuchten von Lebensmittelgeschäften am Straßenrand: Nach Sonnenuntergang ist mir kein Licht genug. Ich will Ihnen erzählen, weshalb.

Ich lernte Nick in einem Bistro in Greenwich Village kennen, das seitdem geschlossen ist. Eigentlich lernte ich ihn nicht kennen, er suchte mich aus. Aus all dem Volk in dem kleinen Café, das am offenen Abend den Dichtern zuhörte, aus all den ahnungslosen Opfertieren, die sich da um dieses Wasserloch scharten, hatte er mich ausgesucht.

Er gehörte mehr hierher als allen anderen; er gehörte zu den Schatten der verräucherten Bar, in seiner Motorrad-Lederhose und seiner schwarzen Satinweste und mit seinem silbernen Totenkopfohrring, der die düstere Aura, die ihn umgab, noch verstärkte; ein Mann...eine Macht, die Teil der Nacht war. Ein Schattenwesen, das in der Tür kauerte, während sich die Crème der Möchtegern-Poeten von dem wehleidigen Gejammere von Verseschmieden einlullen ließ, die ihnen ihr eigenes Bedürfnis nach Anerkennung zurückspiegelten.

Nicks Augen waren dunkle Löcher in einem Gesicht, dessen Haut, von Tageslicht anscheinend unberührt, an den Wangen eingefallen war und um dessen violettfarbene Lippen ein ewiger Nachmittagsbart wuchs, dem niemals volle Blüte vergönnt war. Sein langes, schwarzes Haar bildete einen erschreckenden Kontrast zu seiner alabasterfarbenen Haut. Weitere Einzelheiten kann ich nicht angeben, da mein Gedächtnis bis heute nicht fähig und willens ist, sich an mehr zu erinnern. Er stand an der Bar und rauchte eine Zigarette, und bis auf einen Blick aus den Augenwinkeln hatte ich noch überhaupt nichts gesehen.

Nach diesem ersten Blickkontakt und der Erregung, die manchmal das Erkennen des Geheimnisvollen begleitet, schenkte ich ihm noch immer sehr wenig Beachtung – eine Gleichgültigkeit, die wir erwerben und pflegen, wann immer wir jemandem oder etwas begegnen, das von außerhalb unserer kleinen Welt kommt. Fremde, die ganz sicher niemals in unseren Dunstkreis eindringen. Ich fühlte mich von ihm angezogen, aber da standen Spielregeln zwischen uns. Regeln, die ich, sehr zu meinem späteren Bedauern, für selbstverständlich nahm.

Nach diesem offenen Abend im Bistro nahm ich meine Schultasche, warf sie lässig über die Schulter und ging zum Ausgang. Ich bemerkte nicht, daß Nick diesmal vom seinem Platz an der Bar aufgestanden war, um mir zu folgen.

Die Nacht war kalt. Es war Oktober, und ein klarer Herbst senkte sich über die Stadt. Es wurde kälter. Beim Gehen bildete mein Atem sichtbare Wölkchen im Wind, und da ich nur mit einer leichten Windjacke und einer alten Jeans bekleidet war, beschloß ich, eine Abkürzung entlang einer Seitenstraße zu nehmen, um schneller zum Bahnhof zu kommen.

Vor mir auf der Straße erstreckte sich eine Reihe von Bäumen, deren Äste so dicht ineinander verzweigt waren, daß selbst der leiseste Windhauch ein Geraschel entfachte, das wie trockener Donner klang. Die matten Lichter der Straßenlampen ließen Schatten auf den Sandsteinen tanzen, auf der Straße war kein Auto zu sehen, hinter den Fenstern der benachbarten Gebäude war keine Bewegung zu erkennen, alle Jalousien waren heruntergelassen.

»He!« hörte ich eine Stimme hinter mir.

Verwirrt fuhr ich herum und landete genau in den Armen des Sprechers, der mich mit eisernem Griff gegen seinen Oberkörper preßte.

Es war Nick. Ich kannte seinen Namen, schon öfter hatte ich ihn den Barkeeper und die Kellnerinnen mit feierlichem Respekt aussprechen hören; dieser Mann hielt mich nun gepackt, hielt meine Arme an die Seiten gepreßt, so daß ein Entkommen unmöglich war.

Voller Panik begann ich gegen ihn anzukämpfen und versuchte, mich abzustützen, um ihm mein Knie zwischen die Beine zu rammen; aber ich bin ziemlich klein, ziemlich dünnknochig und nicht besonders muskulös. Ich war ihm ausgeliefert. Selbst als ich, sobald ich zu Atem kam, schreien wollte, lächelte er nur.

Sein hämisches Grinsen war gelb von Nikotin. Es lag kein Humor darin, außer jenem Vergnügen über die vergeblichen Fluchtversuche des Opfers, das Katzen eigen ist.

Dann, so urplötzlich wie er mich gepackt hatte, ließ er mich los. Ich öffnete den Mund, aber meine Stimme versagte, als ich eine fünfzehn Zentimeter lange Klinge aus dünnem, rasiermesserscharfem Stahl einen Millimeter vor meiner Kehle spürte. Ich fühlte, wie die kühle Klinge mir an der Stelle die Hitze aus dem Körper sog. Meine Glieder waren gelähmt, ich gab jede Gegenwehr auf.

»Bitte ...« flüsterte ich, »tu mir nichts! ...«

Er grinste und faßte mir ohne Vorwarnung grob zwischen die Beine. Nie zuvor war ich von einem Mann je so berührt worden; ohne nachzudenken protestierte ich und versuchte, seine Hand wegzustoßen, aber ein scharfer Stich an meinem Adamsapfel erinnerte mich an die Gefahr, in der ich schwebte. Er fuhr fort, mich zu betatschen, und die Mißhandlung ließ meinen ganzen Leib erschlaffen.

»Bitte«, stieß ich mühsam hervor. »Bitte nicht...Ich tue alles, wenn du jetzt aufhörst.«

»Ach, wirklich?« murmelte er. Er war grauenerregend. Sein gesamtes Verhalten erweckte den Eindruck, als hätte ich verdient, was mit mir geschah. Seine Worte versetzten mich in Panik; mir war, als schlösse ich einen Pakt mit dem Teufel, was tatsächlich auch der Fall war.

»Steh' auf!« befahl er. Ich gehorchte, zitternd bei dem Gedanken, daß mein Körper mich verraten hatte. Unter seinen Fingern war mein Schwanz trotz meiner Angst steif ge-

worden und drängte gegen meine Jeans, was mir das Aufstehen erschwerte. Er bemerkte es und kicherte.

»Du willst alles tun?« wiederholte er meine Worte, sanft,
bedrohlich. »Na gut.« Er stieß mich auf eine nahegelegene
Treppe zu, die auf einen tiefer gelegenen Weg hinabführte.
Wäre ich fähig gewesen, einen klaren Gedanken zu fassen,
hätte ich mich dagegen gewehrt, dorthin getrieben zu werden. Aber er hatte mich in seiner Gewalt. Der Gedanke,
gleich hier auf der Straße getötet zu werden, versetzte mich
in Starre; das Bild meines leblosen Körpers auf der Straße
war zu real für mich geworden, als daß ich mich hätte weh-
ren können.

Ich stolperte die Stufen hinab und fiel, unten angekommen,
schwer auf die Knie. Er stieß mich mit seinem Stiefel, so daß
ich den Weg ein Stück weiter entlangkroch. Er wurde von
einer fahlen Lampe erhellt, deren Schein allem die Farbe von
gestocktem Blut verlieh.

»Mach', daß du auf die Füße kommst!« sagte er. Ich
erhob mich, unfähig, ihm ins Gesicht, diese kalte, reglose
Maske, zu sehen.

»Zieh' die Jacke aus!«

Jetzt geht's los, dachte ich. Wie weit würde ich gehen,
um mein Leben zu retten?

Ich schälte mich aus der Jacke und ließ sie beiseite fallen.
Jetzt, da wir nicht mehr im Wind standen, war es nicht so
kalt, wie ich zuvor geglaubt hatte, dennoch mußte ich zittern.

Die Klinge zeigte auf mein Gesicht. »Deine
Hosen...Zieh' zuerst die Schuhe aus!«

Wie weit? Ich stellte mir vor, wie die Klinge mein Gesicht aufschlitzte und sich in mein Auge spießte ...

Ich stand vor ihm, in Unterhosen, Socken und T-Shirt.
Und noch immer war ich nicht fähig, ihm in die Augen zu

sehen. Solange ich das nicht tat, wußte ich, daß ich eine winzige Chance hatte zu überleben.

Er griff nach vorn, packte mein T-Shirt und zog mich zu sich heran. Er zeigte mir das Messer. Ich rührte mich nicht. Ich schaute auf die Klinge, nicht zu ihm, und langsam kam sie auf mich zu, bis die Spitze meine Brust berührte. Mein Herz schlug wie wild gegen die Rippen, wie ein Vogel in einem Käfig gegen die Gitterstäbe, wenn eine hungrige Katze sich nähert. *Kein Entkommen, kein Entkommen ...*

Nick hob den Stoff über meiner Brust an, und mit einem einzigen raschen Schnitt fetzte er mir das T-Shirt vom Leib. Vor Erleichterung machte ich mir fast die Hose naß, und Tränen rannen mir über die Wangen, als er anfing, mit den Fingern seiner freien Hand meine Brust zu betasten.

Er berührte meine Rippen, zwickte meine Brustwarzen und quetschte eine Hautfalte an meiner Hüfte zwischen den Fingern. Alles, was ich fühlte, war die dankbare Freude, daß ich noch immer lebte und dies fühlen konnte.

Danach schlitzte er mir die Unterhose von der Hüfte, riß sie von meinem Arsch weg und befreite meinen emporstrebenden Schwanz aus seinem Gefängnis. Er quetschte und befummelte meinen Schwanz und die Eier, aber dann, mit einem Mal, setzte er die Spitze der Klinge an meinem Schwanzschlitz an und ließ den Lusttropfen am Stahl herablaufen, bevor er sie wieder wegzog.

Gebannt folgte mein Blick der Klinge, mit der er meinen Nektar zu seiner Zunge führte, während die ganze Zeit über seine freie Hand mit meinen Eiern spielte. Aus einiger Entfernung hörte ich leises Stöhnen. Zuerst glaubte ich, es sei der Wind, dann wußte ich es: Es war meine eigene Stimme.

In diesem Augenblick hätte ich entkommen können. Ich bin irgendwie sicher, er hätte mich gehen lassen. Aber jetzt hatte es keine Bedeutung mehr.

Ich beobachtete, wie er, weiterhin mit dem Messer in der Hand, seine Jacke und seine Weste auszog. Er hatte einen wunderbaren Oberkörper und tolle Arme, und sein Torso war schmal und kräftig, mit weichen, schwarzen Haaren, die von der Stelle zwischen seinen Beinen über seinen Bauch verliefen, um sich über seine Brustwarzen auszubreiten. Die Körperbehaarung ließ ihn menschlicher, weniger wie eine Marmorstatue erscheinen. Mit einer Hand öffnete er die Knöpfe seiner schwarzen Jeans. Sein Schwanz, bleich wie der gesamte Rest, sprang hervor, dick und beschnitten und bösartig. Er war dreißig Zentimeter lang, gut sieben Zentimeter länger als meiner, und ich glaube, ich schnappte nach Luft, als ich ihn vor mir hüpfen sah.

Ich schaute ihm ins Gesicht, und seine Augen befahlen mir, näher zu kommen. Mir war bewußt, daß er in der rechten Hand den Tod hielt, dennoch trat ich auf ihn zu, berauscht von der Gefahr, die er mir tief ins Herz senkte.

Als er mir mit der Klinge auf den Kopf schlug, um mir zu bedeuten, ich solle vor ihm in die Knie gehen, verstand ich. Mit der Schneide der Klinge am Hals nahm ich seinen Schwanz in den Mund. Ich wußte, ich war nicht im mindesten weniger bedroht als zuvor, aber ich wußte auch, daß es sich um ein Ritual handelte. Sein Schwanz glitt zwischen meine Lippen und vorbei an meinen Zähnen, wo noch nie der Schwanz eines Mannes gewesen war oder jemals sein würde, und ich ließ es zu. Er machte mich zur Beute, das stimmt, aber ich *war* auch die Beute. Es war nur allzu natürlich, daß ich dies akzeptierte. Er wäre nutzlos gewesen, es nicht zu tun.

Ich verschluckte mich an seinem Ausmaß, dann fand ich den Rhythmus mit einer Leichtigkeit, die lediglich ein Teil jenes Entsetzens war, das ich noch immer fühle, wenn ich mich an dieses nächtliche Erlebnis erinnere. Ich ging die

Länge des Schafts auf und ab, leckte ihn, wand meine Zunge um die Eichel, nahm in ganz in mich auf. Ich hörte keinen Laut der Lust, nur das Rauschen des Winds in den Blättern, das lauter und lauter wurde. Sein Schwanz schwoll noch mehr an, und instinktiv bereitete ich mich auf die Flutwelle und den Krampf vor. Als er kam, war ich seiner beherrschten und stillen Leidenschaft gewachsen. Mein Bewußtsein löste sich von meinem Körper und sammelte sich dort, wo er sich in mich ergoß. Ich trank ihn bis zur Neige…fiel in einen Abgrund, saugte die Nacht tief in mich hinein.

Endlose Augenblicke später kehrte ich aus der Finsternis zu mir selbst zurück, alleine, nackt. Nick war nirgendwo zu sehen. Seitlich am Hals fühlte ich stechend etwas Feuchtes. Ich berührte es und erkannte an der Zähigkeit, daß es Blut war. Er war nicht schlimm, nur ein winziger Schnitt…aber es genügte. Ich kämpfte gegen die Ohnmacht an, die mich zu überwältigen drohte, sammelte die Fetzen meiner Unterwäsche in meinen Rucksack und bekleidete mich, so gut es ging, mit dem, was übriggeblieben war. Dann ging ich nach Hause.

Überflüssig, zu erwähnen, daß ich nie wieder in das Bistro zurückkehrte. Ich rief Nicks wegen nie die Polizei an, rief nie um Hilfe, berichtete nie meinen Freunden etwas, selbst wenn sie mich beschworen, ihnen zu erzählen, was meine Furcht vor der Nacht verursacht hatte. Sie hätten es niemals verstanden.

Nick führte mich tiefer in die Finsternis, als ich jemals hatte gehen wollen.

Aus diesem Grund fürchte ich mich vor der Nacht.

Weil ich dorthin zurück möchte.

VON DER KUNST IM LEBEN

Michael Chelsea

Er steht in der Tür, braungebrannt, locker. Ich sehe ihn als Farbe, Linie und Textur – seinen Körper, den Körper eines Tänzers, seine langen, nervigen Gitarristenfinger, das freche Zucken seiner schmalen Nase in dem hochmütigen Gesicht. Er hat grüne Augen, stelle ich fest – ein leuchtendes Grün, das ich verzweifelt auf der Leinwand wiederzugeben suchte. Seine Augen sind an den Rändern schwarz geschminkt. Sein Gesicht wird von einer gezähmten Mähne langen, gewellten, honigfarbenen Haares eingerahmt. Seine tiefroten, sinnlichen Lippen sind leicht geöffnet, die Winkel zu einem halben Lächeln nach oben verzogen, als er sieht, wie ich ihn mustere. Er trägt schwere Schaftstiefel und schwarzes Leder, das so eng sitzt, daß es sich wie eine zweite Haut an seinen Körper schmiegt. Über dem Bund seiner Hose bauscht sich ein weißes Seidenhemd. Ich glaube, er spürt, wie anziehend ich ihn finde.

In der Hand hält er einen Skizzenbogen, hält ihn lässig an der Seite. So wie er in der Tür zu meinem Studio steht, hat er zu viel von einem Schauspieler, um scheu zu sein. Ich bitte ihn rein und stelle mich vor, wobei mir bewußt wird, daß er mich kennen muß, genauso wie ich weiß, wer er ist.

Er tritt ins Studio, während seine Augen alles registrieren: die farbverschmierte Staffelei, die unzähligen Pinsel, die überall verstreut sind, die Airbrush-Pistole und die Stapel von Leinwänden – vollendet und unvollendet –, die das Zimmer überwuchern. Ein Gemisch von Farbe und Verdünner erfüllt die Luft.

»Du bist Devlin«, sage ich überflüssigerweise.

Er grinst. »Und du bist Mallory der Künstler.« Er streckt die Hand aus und schüttelt sehr fest die meine. Seine ist warm und trocken, das Gefühl seiner Schwielen auf meiner Handfläche erregt mich unbeschreiblich. Er dehnt seinen Händedruck weit länger aus als notwendig, bevor er mich losläßt.

Ich greife nach dem Skizzenbogen und schaue ihn mir an. Es ist keine Kunst; dieses Lob würde ich nicht aussprechen. Ich hätte es gewiß nicht so gezeichnet, aber deshalb kommen sie ja zu mir: damit ich mich ihrer armseligen künstlerischen Versuche annehme und sie in etwas Wundervolles verwandle.

Devlin steht einfach da und wartet geduldig, bis ich mir mein Urteil gebildet habe.

Ich schaue ihn fragend an. »*Das* soll ein Plattencover werden?«

Er grinst breit und zuckt gekonnt mit den Achseln. »Etwas um die Zensoren 'n bißchen zu ärgern, vermutlich«, sagt er in seinem trägen britischen Akzent.

»Sie werden's in Packpapier einwickeln«, sage ich, halb verärgert und halb begeistert von dem Bild.

»Na, vielleicht«, sagt er, »aber überleg' nur, wie's sich verkaufen wird. Sie denken sogar dran, ein Poster zu machen. Da wird bestimmt eine Million mindestens verkauft.«

Seine Lippen liebkosen das Wort »Million«, was in mir ein nicht unangenehmes Prickeln verursacht, das sich in Bruchteilen von Sekunden vom Magen bis zu meinem Schwanz ausdehnt. Ich drehe mich um, um die Leinwand vorzubereiten. Als ich damit fertig bin, drehe ich mich wieder um und schaue, während ich meine Selbstbeherrschung zurückgewinne, Devlin an.

Unsere Blicke treffen sich. Er starrt mich ungeniert an. »Dein Haar ist so schwarz«, sagt er, »fast blau.« Er stößt ein Lachen aus. »Schwarzer Ire.«

Ich trete näher an ihn heran, wir sind gleich groß. »Woher hast du das gewußt?« frage ich ihn. Die Spitze meiner Zunge befeuchtet meine Lippen, die plötzlich ausgetrocknet sind.

»Nur gut geraten.« Er scheint mich fast mit Worten zu streicheln; die Wogen seiner sexuellen Ausstrahlung brechen über mich herein, und der Raum scheint zu schwanken, erst zur einen, dann zur anderen Seite. Ich drohe in ihm zu ertrinken.

Er greift nach hinten und zieht eine lange Samtkordel mit Troddeln an einem Ende aus dem Bund seiner Hose hervor. Er schlingt es lose um seine Handgelenke und sagt: »Wollen wir dann anfangen?«

Eine halbe Stunde später ist alles aufgebaut; er hilft mir beim Aufstellen der Requisiten: dem Wandleuchter, dem Plüschhocker, der dazugehörigen Ottomane. Devlin öffnet sein Hemd und läßt es über seiner breiten Brust klaffen. Er hebt die Arme und gestattet mir, seine Handgelenke an den Wandleuchter zu fesseln. Er hebt einen lederumhüllten Fuß und läßt ihn auf der Ottomane ruhen. Er lehnt mit gespreizten Beinen an der Wand; es sieht aus, als biete er sich mir dar. Die Wirkung ist außerordentlich erregend. Ihn da sitzen zu sehen, an den Leuchter gefesselt, den Kopf auf die Brust gesenkt, läßt meinen Schwanz anschwellen und fest gegen den Stoff meiner Jeans drängen. Es schmerzt.

Ich trete zur Staffelei zurück, wobei ich mir keine Mühe gebe, die Beule in meiner Hose zu verbergen. Devlin blickt hoch zu mir, seine grünen Augen sind von langen, dunklen Wimpern verschleiert. Er lächelt aus den Mundwinkeln. Seine Zungenspitze fährt heraus, um seine Lippen zu befeuchten.

»Was möchtest du, Devlin?« frage ich und skizziere ihn auf der Leinwand.

Er verändert seine Stellung nicht. »Nichts, Mallory.« Seine Stimme verrät mir, daß er sich amüsiert. Es ist eine ausdrucksreiche Stimme: seidig und sexy und zuweilen heiser. Ihr Volumen erstaunt mich. »Wie wirst du mich malen?« fährt er fort, während ich weiterarbeite. »Wirst du die Airbrush nehmen?« Er hält inne. »Vergiß nicht, Platz für den Titel zu lassen. „Vom Schmerz zur Lust"…«

Beim Ton seiner Stimme allein wird mein Schwanz so hart, daß er fast die Knöpfe meiner Jeans sprengt. Ich weiß, daß er es fühlt und die Macht genießt, die er selbst gefesselt ausübt.

Es ist Zeit vergangen, und ich weiß, daß es ihm inzwischen unbequem sein muß. Ich kann ihm nicht sagen, wie schwierig es ist. Sein Wesen scheint sich mir zu entziehen. Die Skizze ist flach – seine Farbe, Linie und Textur sind nicht wiederzugeben. Ich schaue zu ihm hinüber, und er lächelt mir zu, voller Vertrauen, hebt ein wenig die Hüfte an und verlagert sein Gewicht auf der Ottomane. Ich höre, daß meinem Mund ein fremdartiges Geräusch entfährt, als er kichert.

Mir fällt der Pinsel aus der Hand, und ich fluche, denn jetzt muß ich ihn auswaschen.

»Es liegt an deinen grünen Augen, weißt du. Ich hatte schon immer eine Schwäche für grüne Augen.« Devlin hebt den Kopf, seine Locken fallen ihm in die Stirn; er sieht aus wie ein unartiger kleiner Junge. »Du hast den Pinsel fallen lassen, Mal.«

Er zieht sich erneut nach oben. Ich frage mich, wie er wohl schmeckt. Ich frage mich, wie es sich anfühlen würde, ihn in mich aufzunehmen, wie es sich anfühlen würde, ihn in meinem Mund oder meinem Arsch – oder beidem – kommen zu lassen.

»Tut mir leid, Mal, ich lenke dich ab.« Er grinst erneut. »Böser Dev.«

Ich lege die Palette zur Seite. »Ich glaube, ich muß dich bestrafen«, sage ich einfallslos. Ich gehe zum Hocker hinüber und stelle mich über ihn. Er starrt mit geöffneten Lippen zu mir auf und wartet darauf, geküßt zu werden.

Ich stemme die Hände gegen die Wand und küsse ihn voll auf den Mund; meine Zunge drängt sich gegen seine Lippen und schmeckt den Minzgeschmack der Zahncreme, die er benutzt. Er spricht darauf an, und ich küsse ihn, bis wir beide außer Atem sind. Eine Art von Magie hängt in der Luft – ein elektrisches Sirren, das ich mir nicht recht erklären kann. Ich bin mir nicht einmal sicher, ob es mich kümmert.

Ich lasse meine Finger über seine breite Brust gleiten und teile den Stoff seines Hemds, ziehe es aus dem Bund seiner schwarzen Lederhose. Ich sitze auf seinem Schoß, und der Ständer zwischen meinen Beinen drängt sich seiner gierigen Rute entgegen. Meine Lippen und meine Zunge ziehen Lavaspuren des Verlangens über seinen Hals. Aus seiner Kehle dringt ein erstickter Laut, als Lippen, Zunge und

Zähne auf seine empfindlichen Brustwarzen treffen. Ich nehme sie – erst eine, dann die andere – in den Mund, knabbere zärtlich an ihnen und lecke und sauge daran.

Devlins Hüfte drängt sich jetzt dicht an meinen Körper. Ich spüre seinen Mund an meiner Schläfe; seine Nase schnüffelt in meinen Haaren. Ich verlasse den Hocker und knie vor ihm nieder.

»Geh' nicht weg, Mal!« bittet er.

Als Antwort nehme ich den Reißverschluß eines seiner Stiefel zwischen die Zähne und ziehe ihn langsam nach unten. Ich werfe den Stiefel zur Seite, bevor ich meine Finger – Finger, die dick von der Farbe meines Berufs gezeichnet sind – zwischen seine Beine führe. Es erregt mich, die Länge und Breite seines Schwanzes unter dem Leder zu fühlen. Ich küsse den Gefangenen durch seinen Kerker hindurch, dann wende ich mich von ihm ab, um den anderen Stiefel zu entfernen.

Meine Finger gleiten sein langes Bein abwärts und ziehen die Socke aus. Ich lecke die Sohle seines linken Fußes vom Knöchel bis zu den Zehen und spüre, wie sie sich zitternd vor Lust krümmen. Mit sanften Küssen bewege ich mich an der Naht seiner Hose nach oben und finde die Knöpfe an seiner Seite.

Es verlangt mich, sie zu zerfetzen, statt dessen öffne ich sie behutsam, wobei jede zufällige Berührung meiner Finger an seinem Fleisch Wellen der Erregung durch seinen Körper sendet. Unter dem Leder ist er nackt: Der Beutel, der seinen Sack beherbergt, ist in die Hose eingenäht. »Wie praktisch«, denke ich und enthülle das Objekt meiner Begierde.

Sein Schwanz ist gute zwanzig Zentimeter lang und springt mir entgegen, als ich ihn aus seinem ledernen Gefängnis befreie. Er ist völlig steif; die Spitze seiner Rute berührt gerade die feine Linie von Haaren an seinem

Bauchnabel. Ich schnüffle in den Haaren, die seinen Unterleib bedecken, und rieche seinen scharfen, würzigen Duft. Ich lecke den Schaft von der Wurzel aus und spüre, wie er anschwillt, als meine Zunge nach oben wandert. Er erschauert in einer fast überempfindsamen Reaktion. Ich umkreise die äußerste Schwanzspitze mit der Zunge und koste den salzigen Lusttropfen, der sich hier gesammelt hat. Wie gut er anspricht, mein Rockstar.

Mein eigener Schwanz drängt sich noch ungestümer gegen den Stoff meiner Jeans. Er will raus, und er will rein.

Während mein Mund weiterhin Devs Schwanz bearbeitet, ziehe ich die Lederhose ganz nach unten.

Mit einem Fuß auf der Ottomane bietet er sich mir völlig offen dar. Ich halte inne, um mich auszuziehen. Meinen eigenen Schwanz darf ich nicht berühren, er ist so hart, daß er fast ein Eigenleben zu führen scheint. Es schmerzt, ihn anzufassen, stürmisch verlangt er nach Erleichterung. Devlin schaut zu mir auf. Ich stehe vor ihm, er ist von seinem Leder befreit, sein Hemd flattert offen, seine grünen Augen leuchten, seine Brustwarzen stehen steif unter der wehenden Seide. Sein Schwanz ist gegen seinen Bauch gepreßt. Ich steige auf den Hocker und versenke mich in seinen gierigen Mund. Helfend stoße ich ein und aus. Er kann den Kopf nach vorne, aber nicht nach hinten bewegen, stemmt sich dagegen und lutscht meinen Schwanz, befeuchtet ihn bis zur Wurzel und macht ihn dicker und länger, als ich ihn je gesehen habe.

Seine Zunge kreist um meinen Schaft, seine Zähne knabbern zärtlich an meinen Eiern. Ich spüre, wie sein Atem das schwarze Gekräusel meiner Schamhaare kitzelt. Dem Orgasmus nahe ziehe ich mich aus seinem Mund zurück und gehe nach unten, um sein erwartungsvolles Arschloch anzufeuchten.

Es dauert nicht lange, dennoch lecke ich ausgiebig, denn genau das ist es, was ich will. Dev hebt die Hüften, um mir leichteren Zugang zu gewähren. Er will mich, und dieser Gedanke ist erregender als das stärkste Aphrodisiakum.

Ich gebe mir keine Mühe, sanft zu sein, führe meinen Schwanz an sein enges Loch und ramme ihn bis zum Anschlag hinein. Dev schnappt nach Luft und zuckt zurück, wobei er mit dem Kopf an die Wand stößt – trotzdem, glaube ich, fühlt er keinen Schmerz. Ich ziehe wieder heraus, und er spannt den Schließmuskel an, um zu verhindern, daß ich aus ihm rausgleite.

Die Lust, die ich in ihm verspüre, ist unbeschreiblich. In langem, hartem Rhythmus stoße ich vor und zurück. Er läßt sich von mir ficken; es gibt nichts, was er dagegen tun könnte. Seine Hüften heben und senken sich, um jedem meiner Stöße entgegenzukommen. Meine Hände gleiten über seinen Rücken, durch seine Haare, über seinen Schwanz.

Sein Mund öffnet sich zu einem lautlosen orgiastischen Schrei, während er sich mir entgegenstemmt und mich und sich selbst mit seinem Saft überströmt. Es ist warm und milchig weich – und so viel. Das Gefühl seines Spermas auf meiner Haut und die Stöße seiner Hüften gegen die meinen bringen mich soweit, mich ohne Ende in sein Inneres zu ergießen – so viel, daß es sich staut und herausströmt, als ich meinen Schwanz aus Devs engem Zugang zurückziehe.

Sein keuchender Atem mischt sich mit meinem eigenen. Ich möchte schlafen, aber ich möchte noch mehr von ihm schmecken und beuge den Kopf, um die Sahne, die noch auf seiner Haut klebt, aufzuschlecken. Sie schmeckt bitter und süß und salzig in einem. Er schmeckt anders als andere Liebhaber, aber das macht nichts; ich suche nach neuen Geschmacksrichtungen und Erfahrungen. Ich löse seine Fesseln und breche über ihm zusammen.

»Oh, Mal …« Seine Stimme klingt laut, selbst wenn er flüstert. Jetzt fällt mir auf, daß er während unseres gesamten Liebesaktes stumm war. Er fährt mir mit den Fingern durchs Haar. Er hebt mein Gesicht zu seinem auf und blickt mir in die Augen. Zu beiden Seiten meines Gesichtsfeldes kann ich seine Handgelenke erkennen. Der Samt hat sie aufgeschunden.

»Vom Schmerz zur Lust, Ire.« Er küßt mich auf den Mund. Meine Lippen fühlen sich spröde an. »Hast du die Musik gehört?«

Wortlos weiche ich zurück, plötzlich bin ich mir keiner Sache mehr sicher. In welche Art von Zauber hat er mich eingesponnen?

Er greift nach seinen Kleidern und zieht sich an. »Was hast du getan, Dev?« frage ich und wende mich von ihm ab, halb in Furcht vor dem, was zwischen uns beiden gerade geschehen ist.

»Nicht viel, Künstler Mallory.« Er geht hinüber zur Staffelei und dreht sie zu mir um. »Hast du die Musik gehört?«

»Ja!« schreie ich fast außer mir, selbst als er mit den Fingern schnippt, um meine Aufmerksamkeit zu gewinnen. »Oh, mein Gott!« stöhne ich und versuche verzweifelt, zu verstehen.

Dev lacht und beugt sich vornüber, wobei er seine Hände auf seinen kräftigen Schenkeln abstützt. »Du kommst nicht drauf, Mal.«

Plötzlich hab' ich's. Die Musik, das magische Element in der Luft. Ich drehe mich um und schaue zur Staffelei. Das Bild kann jetzt beendet werden. Nun, da er mir genug von sich selbst gegeben hat, um ihn zu verstehen. Es wird wundervoll werden, erschreckend real und sehr, sehr geil. Ich wende mich Dev zu. »Ich verstehe«, sage ich zu ihm. »Es ist genau so, wie sie immer sagen, nicht wahr?«

Devlin nickt. »Genau, Mal. Komisch, was? Wie die Kunst das Leben nachahmt?« Er grinst hinterhältig und zwinkert mir zu, das Grün seiner Augen leuchtet wie ein Blitz im Sommer.

SPÜRSINN

Andrew Edwards

Ich hatte mich mit Tom sechs Wochen lang ziemlich regelmäßig getroffen, und etwas fing an, mich wirklich zu nerven. Wir verbrachten die Nacht immer, und ich *meine* immer, bei mir und nie bei ihm. Zuerst spielte es wirklich keine Rolle – ich wohnte in der Innenstadt, nur ein paar Blocks von dem Buchladen, wo wir uns kennengelernt hatten, und von den Bars und Restaurants, die wir besuchten. Tom wohnte offenbar irgendwo außerhalb bei Kelly's Point, etwa eine halbe Autostunde entfernt.

In den ersten Wochen waren wir so geil aufeinander, daß wir es nicht abwarten konnten, zu ficken. Jedesmal wenn ich ihn anschaute, bekam ich einen Ständer, und wenn wir in der Öffentlichkeit waren, mußte ich an mich halten, sonst hätte ich mich an ihm gerieben oder irgendeine erreichbare

Stelle seines Körpers befummelt. Sobald wir in meiner Wohnung ankamen und die Tür geschlossen hatten, rissen wir uns in einem Strudel der Leidenschaft die Kleider vom Leib und bockten und rammelten wie brünstige Elche. Er bestieg mich oder ich ihn mitten in der Diele auf dem kleinen Läufer. Erst später, nachdem die Wogen der Lust gebrochen, verebbt waren und ihr Echo von den Wänden der engen Diele zurückgeworfen wurde, wurde uns die Unbequemlichkeit des rauhen Läufers bewußt, und wir begaben uns ins weiche Königreich des Schlafzimmers, wo wir uns sanfter, zärtlicher weiterliebten.

Nach der ersten Nacht brachte Tom eine kleine Leinentasche mit Klamotten und Toilettenartikeln von »zu Hause« mit, die er in meinem Schrank deponierte. Nahezu augenblicklich verwandelte sich unser Leben in köstliche Routine. Meist bereitete Tom am Morgen das Frühstück zu, und wir duschten zusammen. Tom und ich arbeiteten beide in der Innenstadt, also ließ er seinen Wagen einfach auf meinem normalerweise unbenutzten Parkplatz stehen und begleitete mich morgens zu Fuß zur Arbeit. Später trafen wir uns zum Mittagessen in einem der kleinen Cafés am Platz und besprachen unsere Pläne für den Abend. Häufig hieß das, daß wir irgendwo ein kleines Abendessen zu uns nahmen, danach einen kurzen Spaziergang zurück durchs Theaterviertel machten und dann wie verrückt die drei Stockwerke zu meiner Wohnung hinaufpolterten.

Nach drei gemeinsamen berauschenden Tagen und Nächten weckte mich Tom mit einer Reihe von zärtlichen Küssen auf Rücken und Schultern. Wir lagen ausgestreckt nebeneinander, und er schaute mir beim Sprechen tief in die Augen.

»Bruce, ich muß heute nacht in meine Wohnung zurück. Ich hasse es, von dir getrennt zu sein, aber ich verspreche dir, daß ich morgen früh zurück bin.«

Ich war perplex. »Nimm mich mit«, sagte ich. »Ich möchte mir zu gern deine Wohnung anschauen.«

»Ich weiß, es klingt blöd, Bruce, aber die Wohnung ist ein einziger Saustall. Ich möchte zuerst ein wenig aufräumen, bevor ich dich reinlasse.«

»Klar, Tom, ich verstehe schon«, sagte ich. »Wenn ich heute nacht schon alleine bleiben muß, kannst du mir nicht 'ne Kleinigkeit geben, damit ich's solange aushalte?«

»'ne Kleinigkeit?« sagte er. Dann lächelte er und packte seinen weichen, aber dicker werdenden Schwanz. »Ich bin mit dem Frühstück dran.«

Am späten Nachmittag, nach der Arbeit, saß ich in meiner Wohnung, schaute aus dem offenen Fenster und ließ den Lärm der Stadt über mich hinwegschwappen. Ich fragte mich, ob Tom wohl zu Hause noch jemand anderen hatte; vielleicht war er verheiratet. Ich überlegte, ob ich seine Nummer aus dem Telefonbuch raussuchen sollte, entschied dann aber, es sei besser, die Dinge nicht zu forcieren. In vielfacher Hinsicht kannten wir einander kaum. Irgendwie erschienen die alltäglichen Einzelheiten des Lebens so bedeutungslos, so trivial, im Vergleich mit jenen Urwogen der Lust. Selbst jetzt, als ich an unsere letzten Augenblicke zusammen dachte, regte sich mein Schwanz. Ich fühlte mich warm, geborgen und voller Energie. Es war, als sei unser Ficken realer, lebendiger als alles andere.

Ich wußte, daß Tom alleine wohnte, zumindest behauptete er das. Er arbeitete in einer aufstrebenden Firma der Finanzbranche und war nach dem College vor fast zehn Jahren aus Minnesota hierher gezogen. Er wirkte noch immer jung, und wenn man seinen Körper sah, hätte man nie vermutet, daß er den ganzen Tag hinter dem Schreibtisch saß und Papiere von der einen zur anderen Seite schob. Er hatte drahtiges, blondes Haar, sanfte, braune Augen und ein ansteckendes Lachen.

Tom liebte Gedichte, während mir es eher die Klassiker angetan hatten. In seiner kleinen Leinentasche hatte er ein zerfleddertes Exemplar von e e cummings mitgebracht.

Einmal, spät nachts, als ich betäubt, wund und erschöpft vor Lust dalag, las er mir vor, während meine Gedanken ziellos umherschwirrten. Ich rollte mich ein wie ein Baby und ließ mich vom Klang seiner Worte umspülen. Ich versuchte auf die Gedichte zu achten, hörte aber nur ihn allein.

Das Telefon läutete, und träge nahm ich ab.

»Hallo?« sagte ich, fast noch im Schlaf.

»Bruce«, sagte Tom, »du fehlst mir.«

»Du fehlst mir auch. Bist du zu Hause?«

»Ja, gerade reingekommen. Das Haus wirkt so leer, es macht mich ein wenig traurig. Ich mußte einfach deine Stimme hören.«

»Meine Wohnung wirkt auch leer«, sagte ich. »Komm schnell zurück.«

»Ich bin morgen früh da. Ich möchte dich gerne vor der Arbeit noch sehen«, sagte Tom. »Ich fürchte, du frühstückst sonst nicht richtig.«

»Hab' ich nie gemacht«, sagte ich, »bevor ich dich kennengelernt habe.«

Ich brachte die Nacht hinter mich und las vor dem Einschlafen noch ein paar Seiten in *Sturmhöhen*. Ich träumte von Tom als Heathcliff, herrschaftlich und traurig in einem alten, weitläufigen Haus. Wir hatten vereinbart, uns draußen im Moor zu treffen, und ich wanderte durch den Nebel und rief seinen Namen, als ein fernes Läuten in den Traum eindrang und mich weckte. Ich hörte die Klingel läuten. Ich warf einen Bademantel über und öffnete die Tür. Tom begrüßte mich mit einem stürmischen Kuß, und noch bevor die Tür sich geschlossen hatte, hatte er unter meinen Mantel gegriffen und meine Eier gefunden, die wie reife Früchte baumelten.

»Ich will dich schmecken, Bruce«, sagte er, und ohne eine Antwort abzuwarten, kniete er nieder und preßte sein Gesicht gegen meine Leiste. Seine Augen verdrehten sich nach oben, als er tief durch die Nase einatmete. Er hielt einen Moment inne und fing dann an, meinen Schwanz und die Eier zu beschnüffeln, wobei er seine Nase tief in die leicht feuchten Tiefen zwischen meinen Eiern und meinen Beinen steckte. Seine Hände streichelten meinen Arsch und die Rückseite meiner Schenkel. Langsam, träge begann mein Schwanz anzuschwellen und sich etwas zur Seite zu neigen. Bruce nahm ihn in voller Länge auf und badete ihn in seinem warmen, feuchten Mund. Er stemmte sich so fest gegen mich, daß sein Kinn meine Eier nach unten und zur Seite drängte.

»Vielleicht sollten wir öfters die Nacht getrennt verbringen«, sagte ich scherzhaft, während mein Körper gerade erst anfing, zu begreifen, was gespielt wurde. Tom spie meinen Schwanz aus wie ein Stück ungenießbarer Nahrung und wischte sich den Mund mit dem Handrücken. Er stand auf. Er schien verletzt.

»Bruce, es tut mir leid. Das funktioniert nicht«, sagte Tom. Er drehte sich um, als wolle er gehen.

»Warte, Tom, geh' nicht.« sagte ich. »Was hab' ich gesagt? Ich habe einen Witz gemacht. Du hast mir letzte Nacht wirklich gefehlt, und ich fand's toll, wie du mich heute morgen geweckt hast. Belastet dich etwas? Stimmt etwas nicht?«

Tom zuckte unbehaglich mit den Achseln. »Ich weiß nicht, ich glaube schon. Es ist schwierig zu erklären, Bruce; wir wissen so wenig voneinander. Ich wollte letzte Nacht nicht weg von dir, aber ich mußte. Ich kann es nicht erklären. Verlang's nicht von mir. Bitte!«

»Klar, Tom, ich weiß, das alles kommt ziemlich unerwartet. Ich habe noch nie für jemanden ähnlich empfunden, und es macht mir ein wenig angst. Ich würde alles dafür geben, um mit dir zusammen zu sein. Alles.« Mein Gott, dachte ich, ich muß verrückt sein. Aber etwas, bei dem ich mich so wohlfühlte, konnte nicht falsch sein; es mußte einfach das Richtige sein. »Ich glaube, ich liebe dich, Tom.«

Tom fing an, leise zu weinen, und wandte sich von mir ab. Ich ging zu ihm hin und umarmte ihn fest. Schniefend drehte er sich um und umarmte mich ebenfalls.

»Bruce, Bruce. Wie kannst du mich lieben? Was weißt du schon von mir, außer wie mein Sperma schmeckt, wie mein Arsch aussieht, wie mein Arsch sich zusammenzieht, wenn du mich fickst?«

»Ist es das, was du denkst? Daß ich nur deine einzelnen Körperteile sehe und nicht den Mann? Ich liebe den Sex mit dir, ich kann nicht genug von dir bekommen. Aber es ist nicht nur Sex, nicht nur Lust. Ich möchte dich kennenlernen, möchte zuhören, wenn du mir e e cummings vorliest, möchte in den Straßencafés in Paris Beaujolais mit dir trinken, möchte sehen, wie sich dein Gesicht mit Leben erfüllt.«

Tom hatte den Kopf an meine Schulter gelegt und schluchzte leise. »Komm, halten wir uns fest«, sagte er, »wir haben nicht mehr viel Zeit bis zur Arbeit.«

Während der nächsten Wochen lernten wir uns besser kennen, aber Tom verbrachte weiterhin jede Woche ein paar Nächte alleine zu Hause, und ich fand es nicht angebracht, ihn zu fragen, weshalb. Ich versuchte, es als einen Teil von ihm zu akzeptieren, den ich noch nicht zu verstehen in der Lage war. Ich versuchte es – und versagte.

Trotz besseren Wissens bat ich ihn jedesmal, wenn er mir sagte, er müsse nach Hause fahren, er solle mich mitnehmen, und jedesmal kam es unweigerlich zum Streit. Ebenso unweigerlich kam Tom am nächsten Morgen zurück, und wir versöhnten uns, indem wir uns bis zur Bewußtlosigkeit fickten, als könnte der Sex eine Wahrheit enthüllen, die Worten verschlossen blieb.

Schließlich hielt ich es nicht mehr aus. Eines Tages kam ich früher nach Hause und durchwühlte Toms Tasche. Ich fand einen Bund Ersatzschlüssel und brachte sie zum Eisenwarengeschäft unten, um mir Nachschlüssel anfertigen zu lassen. Ich weiß nicht genau, was ich mir dabei dachte. Ich vermute, ich konnte den Gedanken nicht ertragen, daß es eine Seite in Toms Leben gab, die er nicht mit mir zu teilen bereit war. Ich hatte mein Leben offen vor ihm ausgebreitet, hatte ihm alles erzählt, und ich hatte das Gefühl, meinerseits ein Recht auf rückhaltlose Offenheit zu haben. Ich beschaffte mir die Adresse von Toms Haus aus dem Telefonbuch und traf Vorkehrungen, mir ein Auto zu leihen.

Am Tag darauf teilte Tom mir mit, er sei am nächsten Abend weg, und ich bereitete mich darauf vor, zu seinem Haus zu fahren und nachzusehen, was er dort trieb. Da er mich oft von zu Hause anrief, brauchte ich eine Ausrede, damit er sich nicht wundern würde, wenn ich weg war. Ich erzählte ihm, ich würde ausgehen, um ein Geschenk für ihn zu besorgen. Es war das erste Mal, daß ich ihn belog.

Ich fuhr abends gegen sieben Uhr aus der Stadt, um bei Einbruch der Dunkelheit bei Toms Haus zu sein. Den ganzen Weg hinaus nach Kelly's Point plagten mich Zweifel. Warum konnte ich Tom nicht vertrauen? Einmal fuhr ich an den Straßenrand und wäre fast wieder umgekehrt. Aber kurz darauf verließ ich die Hauptstraße und fuhr auf der Serendipity Road weiter. Bei Einbruch der Dämmerung fuhr ich langsam durch ein ruhiges Vorstadtviertel mit sauberen, gepflegten Häusern. Bei den meisten Leuten brannte bereits Licht, und häufig drang ein warmer, gelber Schein durch die großen Fenster und fiel auf weichen, grünen Rasen. Ich kurbelte die Scheibe herunter, und eine kühle Brise trug das leise Zirpen von Grillen zu mir herüber.

Toms Haus lag am Ende der Serendipity Road, etwas abseits von den anderen Häusern. Es war kaum zu sehen; es brannten keine Lichter, und das Haus stand inmitten einer Gruppe von Bäumen. Ich parkte den Wagen ein paar Häuser davor und ging zu Fuß die staubige Auffahrt hinauf. Es war sehr still. Als ich näher kam, sah ich das riesige Haus, ein altes, viktorianisches Anwesen. Es schien, als sei niemand zu Hause, und ich glaube, das machte mich kühner, als es gut war. Ich erstieg ein paar verwitterte Stufen, die auf eine lange Veranda führten, und obwohl ich mein Gesicht an eines der dunklen Fenster preßte, konnte ich kaum etwas sehen.

Ich ging zu einem anderen Fenster, das lose in seinem Rahmen knarrte, als ich es berührte. Ich hatte das Gefühl, als hätte ich ein plötzliches, chaotisches, aufgescheuchtes Gewirr wahrgenommen, war mir aber nicht sicher.

Ich kann auch nicht sagen, wie Tom es schaffte, bis zum Haus zu fahren, ohne daß ich es hörte. Ich stand da, von den Scheinwerfern wie angenagelt, unfähig wegzulaufen, selbst als er aggressiv auf die Veranda zukam. Er machte etwa zwei Meter vor mir Halt und starrte mich eine Sekunde lang nur an. Seine Arme hatte er angewinkelt und die geballten Fäuste in die Hüfte gestemmt.

»Bruce«, sagte er traurig. »Bruce.«

»Tom«, sagte ich, »Mein Gott, komm' ich mir blöd vor.«

»Ich dachte, wir vertrauen einander«, sagte Tom. »Ist es das, was du unter Vertrauen verstehst?«

»Schau, Tom«, sagte ich. »Ich mußte es einfach wissen. Ich dachte, du seist vielleicht verheiratet, du würdest dich vielleicht mit jemand anderem treffen. Es hat mich krank gemacht. Ich mußte es einfach wissen.«

»Ich wollte es dir erzählen«, sagte Tom. »Ich hätte es irgendwann getan, glaube ich. Jetzt weiß ich nicht mehr.«

In Dämmerlicht sah ich Tränen in Toms Augen schimmern. Ich drehte mich um und hämmerte mit den Fäusten gegen die Wand.

»Ich bin so blöd«, sagte ich. »Ich bin so blöd. Ich wollte dich nie hintergehen. Ich wollte es einfach nur wissen.«

»Und was jetzt, Bruce? Weißt du's jetzt? Verstehst du's?«

»Nein«, sagte ich. »Ich verstehe gar nichts. Ich weiß bloß, daß ich etwas ganz Besonderes kaputtgemacht habe. Ich glaube, ich bekomme nur, was ich verdiene. Ich liebe dich, Tom, und ich habe dich nicht verdient.«

Ich war selbst nahe daran, zu weinen. Ich konnte die Spannung nicht länger ertragen. Ich stürzte an Tom vorbei und machte mich in Richtung des Autos davon.

»Bruce, warte!« rief Tom. »Geh' nicht.« Ich ging einfach weiter, ohne mich umzuschauen. Ich hörte, wie Tom die Veranda verließ und das Haus betrat. Das ist es also gewesen, dachte ich. Ich hatte das Bedürfnis, mich zu betrinken. Mein Geist wurde von Millionen von Gedankensplittern überschwemmt. Ich kam zu schnell am Wagen an; ungerührt stand er da, bereit, mich von hier wegzubringen. Ich öffnete die Tür, und drei kleine, pelzige Gesichter schauten mich an: Katzen. Sie mußten durch das geöffnete Seitenfenster hereingekommen sein.

»Na los, Jungs«, sagte ich. »Zeit, abzuhauen.« Ich griff ins Innere, um eine der Katzen einzufangen, aber sie wich zurück. Ich steckte die Schlüssel in die Zündung und knipste die Deckenleuchte an. Eine der Katzen hatte sich unter den Beifahrersitz verkrochen, die beiden anderen kauerten am Boden und beäugten mich wachsam. Es waren wunderschöne Katzen, eine grau mit grünen Augen, die anderen beiden getigert mit weißen Pfoten. Ihre Blicke wirkten so entschlossen, berechnend. Ich war dem, zu allem anderen, nicht gewachsen. Ich ging und setzte mich mit dem Kopf zwischen den Händen auf die Motorhaube. Vielleicht würden sie ja einfach verschwinden.

Die graue Katze sprang aus dem Wagen und kam zu mir. Vorsichtig strich sie um meine Füße, dann rieb sie sich an meinem Bein. Herausfordernd schaute sie mich an. Ich hörte ein Klirren, und die beiden getigerten Katzen sprangen nach draußen. Eine von ihnen warf den Kopf hin und her und ließ den Schlüsselbund, den sie zwischen den Zähnen hielt, klirren und klappern. Die Autoschlüssel. Die Katze hatte die Autoschlüssel. Sie starrte mich eine Sekunde lang an, dann drehte sie sich gelassen um und begann, die Straße zurück zu Toms Haus zu spazieren.

»He, komm zurück!« schrie ich. Ich setzte der Katze nach, aber sie hatte keine Mühe ihren Vorsprung zu halten. Die beiden anderen Katzen schlossen zu mir auf und liefen mit. Die Katze mit den Schlüsseln rannte direkt auf Toms Veranda zu und ließ die Schlüssel auf die Matte fallen. Sie wich zurück, als wolle sie mich auffordern, zu kommen und die Schlüssel aufzuheben. Ich zögerte, die Veranda zu betreten. Tom hatte ein paar Lampen angezündet, die das alte Haus noch düsterer und trauriger erscheinen ließen. Ich wollte vermeiden, daß Tom mich sah oder hörte.

Langsam ging ich zur Veranda und nahm den Schlüsselbund auf. Die drei Katzen umkreisten mich neugierig. Ich hielt die Schlüssel ins Licht und erkannte, daß es überhaupt nicht die Autoschlüssel waren. Die Katzen kamen näher, und eine scharrte an der Eingangstür. Ich starrte dumpf auf die Schlüssel. Ich schaute zur Tür. Alle drei Katzen drängten sich jetzt an der Tür und miauten leise. Ungläubig sah ich mich, die Schlüssel in der Hand, die Tür aufschließen.

Ich stieß sie auf, und die Veranda wurde von Licht überflutet. Die drei Katzen schlüpften hinein, drehten sich dann um und schauten zu mir zurück.

Wie in Trance folgte ich ihnen ins Innere. Es war leer, keinerlei Möbel. Als ich in der Diele stand, kamen noch mehr Katzen und immer mehr. Ich hörte leise Schritte und bemerkte Tom, der mich anschaute.

»Bruce«, sagte er. »Warum tust du mir das an?«

»Ich weiß nicht«, sagte ich. »Die Katzen haben mich hergeführt.«

Er blickte nach unten auf das Meer von Katzen. Er mußten Hunderte sein, die jetzt umherwuselten und zu Tom und mir aufschauten. Dann begann Tom, schwach zu lächeln.

»So was«, sagte er. »So was.« Er kam auf mich zu. Die Katzen wichen vor ihm auseinander und schlossen sich hinter ihm wieder zusammen. »Würdest du bitte die Tür schließen, Bruce?« sagte er. »Ich möchte nicht, daß irgendwelche Herumtreiber reinkommen.«

Ich schloß die Tür, und Tom streckte seine Hand aus. Ich nahm sie. Sie fühlte sich so gut an, diese erste Berührung, so sanft, wie der Kuß eines Kindes, ein schwacher Lichtstrahl, der die Schatten aus den finsteren Winkeln meines Geistes verscheuchte.

»Mann, Tom«, sagte ich. »Es tut mir leid. Ich liebe dich. Ich brauche dich.«

»Pssst, Bruce«, sagte Tom und führte mich nach oben. Wir bahnten uns den Weg durch eine Flut von Katzen, Katzen und abermals Katzen.

»Tom, all diese Katzen«, sagte ich.

»Ich konnte es dir nicht sagen«, sagte er. »Sie brauchen mich, Bruce.« Tom führte mich in ein Schlafzimmer, das bis auf ein großes Messingbett mit weißen Laken leerstand. Weiße Gardinen aus Gaze flatterten in zwei offenen Fenstern und milderten die abendliche Brise. Unsere Kleider verschwanden, schmolzen ab, und wir waren nur noch Haut, dürstend und voller Leben. Gierig saugend melkte ich Toms Schwanz, spielte mit seinem weichen Sack, liebkoste mit den Fingern sein zartes Arschloch. Er legte sich stöhnend auf das große, weiße Bett zurück. Seine Brust hob sich mit jedem Atemzug, sein Körper wand und krümmte sich. Er schrie, als er kam, und nachdem ich den ersten Strahl seines Samens mit dem Mund aufgefangen hatte, ließ ich den Rest in lustvoller Selbstaufgabe frei fliegen. Dann streckte ich mich neben Tom aus und hielt ihn fest.

Die graue Katze, die aus dem Wagen, sprang schnurrend aufs Bett. Sie rieb sich an Tom und fing an, das weiche, weiße Sperma auf Toms Bauch aufzuschlecken, wobei ihre rauhe Zunge sanft über sein schweißnasses Fleisch schürfte.

»Das ist Alice«, sagte Tom, »sie war meine erste.« Er streckte die Hand aus und kraulte den Bauch der Katze. »Bis ich dich kennenlernte«, sagte Tom, »waren diese Katzen die einzigen Freunde, die ich hatte. Ich möchte, daß sie auch deine Freunde werden.«

Die Katze kletterte auf Tom und schnüffelte zwischen meinen Beinen. »Ich glaube«, sagte Tom, »sie möchte deinen probieren. Sollen wir ihr helfen?«

Ich nickte und legte mich zurück. Alice rollte sich neben mir zusammen und schaute zu, wie Tom meinen Schwanz liebkoste. Ich schloß die Augen und gab mich nur dem Gefühl hin, der kühlen Abendbrise, der warmen Katze, dem weichen Bett und Toms unermüdlichem Mund und Händen. Ich schwebte, flog immer höher, bis die Erregung nicht mehr zu ertragen war und ich mit einem lauten Schrei kam. Ich spürte, wie warme, feuchte Spritzer auf meinen Bauch klatschten, als Tom sich von mir zurückzog, wie ich es getan hatte. Dann hielt er mich zärtlich fest, während Alice mich sanft ableckte.

Eine Nacht in der Vorstadt

Len Hecht

Normalerweise stehe ich nicht auf Frauen, schon gar nicht auf verheiratete. Verheiratete Männer sind schlimm genug, aber manchmal muß man in dieser Welt eben nehmen, was kommt. Diese Lady – Lydia – jedenfalls war stark. Sie hatte jenes jugendliche, jungenhafte Aussehen, das signalisierte, sie wäre zu allem bereit und hätte noch Spaß dabei. Ich war einundzwanzig, geil, hatte Langeweile und nichts Besseres zu tun.

Den ganzen Weg zurück zu ihrer Wohnung hatte sie mich ihre Möse befingern lassen. Sie war richtig feucht und machte den Sitz naß, scherte sich aber nicht drum. Ich hielt mich ein wenig zurück, als sie rot anlief und anfing, im Zickzack zu fahren. Ich dachte, ich sollte versuchen, sie zumindest solange im Zaum zu halten, bis wir die Einfahrt erreicht hatten. Wir bogen bei einem dieser großen Häuser an den Hügeln ein. Sie parkte in der Garage neben einem

Auto, das genauso aussah wie ihres. Mit einem Augenzwinkern stieg sie aus und sagte: »Warte hier.« Ich wollte schon protestieren, aber sie hielt den Finger an die Lippen und schlüpfte ins Haus.

Ich überlegte, abzuschließen und zu Fuß in die Stadt zurückzugehen; ich war mir nicht sicher, auf was ich mich da einließ. Meine Hand war von ihrer saftigen Fotze noch feucht, und als ich so dasaß und wartete, wischte ich ihre Säfte an dem weichen Stoff des Sitzes ab. Dann öffnete sich die Haustür, und sie war wieder da.

»Alles klar«, sagte sie. »Ich wollte nur sichergehen, daß mein Mann schläft.«

»Ich glaube, ich gehe besser«, sagte ich. »Menschenmengen machen mich nervös.«

»Na los!« sagte sie, hob ihre Bluse und strahlte mich an. »Du kannst mich doch nicht einfach so sitzen lassen, das ist nicht fair ...« Sie hatte mich, denn ich bin kein Drückeberger. »Außerdem«, sagte sie, »schläft er wie ein Toter.«

Ich folgte ihr also ins Haus, und sie machte mir einen Drink. Normalerweise hätte ich nichts getrunken, aber ich war nervös und dachte, es könne mir helfen, mich ein wenig zu entspannen. Sie führte mich in ein Schlafzimmer – ihres, wie sich herausstellte.

»Und wo schläft dein Mann?« fragte ich. Sie lachte.

»Überall, wo er will.«

»Im Ernst«, sagte ich. »Ich will nicht ins Klo kommen und irgend jemanden überraschen.«

»Wie kommst du darauf, daß du mein Klo benutzen darfst?« sagte sie. Ich mußte sie komisch angeschaut haben, denn sie runzelte die Stirn. Dann sagte sie: »Wenn du's unbedingt wissen willst, er ist im Zimmer nebenan auf dem Flur. Wahrscheinlich kannst du ihn schnarchen hören. Ich kann's jedenfalls.«

Ich horchte. Es stimmte. Der Mann schlief wie ein Bär. »Das Klo ist hier drin«, sagte sie und zeigte auf eine Nische an der Seite des Zimmers.

»Ich nippte an meinem Drink, während sie zuerst sich und dann mich auszog.

»Du hast einen schönen Körper«, sagte sie, »und einen tollen Schwanz. Fick mich. Auf der Stelle. Fick mich!« Sie legte sich aufs Bett zurück und spreizte lasziv die Beine. Ich starrte ihre Fotze an, ihre schmalen Hüften, ihre kleinen Titten. Ich bekam keinen hoch. Ich saß auf der Bettkante und massierte ihr die Füße.

»Ist was?« fragte sie. »Mach' ich dich nicht an?«

»Es hat nichts mit dir zu tun«, sagte ich. »Es liegt an mir. Vielleicht ist's dein Mann. Ich fühl' mich nicht wohl; tut mir leid.«

»Wahrscheinlich findest du mich häßlich«, sagte sie. Sie rollte sich auf der Seite zusammen und fing an, ziemlich laut zu weinen.

»He«, sagte ich, »leise. Du weckst deinen Mann auf. Komm 'runter, Lady. Du bist Klasse, du bist toll. Hast nur den falschen Kerl aufgegabelt. Ich mach's gewöhnlich nicht mit Frauen. Ich dachte, ich könnte es vielleicht hinkriegen; ich hätt's besser wissen müssen. Es war blöd von mir, mitzukommen.«

»Ich hab's gewußt.« Sie gewann wieder die Fassung. »Jedesmal schleppe ich Tucken ab. Ich wirke wohl ziemlich maskulin. Mach' dir nichts draus, Süßer. Ich kann für mich selbst sorgen.« Sie griff in den Nachttisch und holte einen Vibrator hervor. »Du kannst zusehen, wenn du willst«, sagte sie. »Ich bring dich dann in dein Rattenloch in der Stadt zurück.«

»Ich brauch noch einen Drink«, sagte ich.

»Bedien' dich«, sagte sie und schaltete den Vibrator ein.

Ich ging nach unten und machte mir einen Drink. Es würde nicht lange dauern, dachte ich, und ich würde zu Hause sein. Jeder macht mal einen Fehler. Ich setzte mich auf einen Holzstuhl, der sich an meinem nackten Körper kalt anfühlte. Ich würde wieder nach oben gehen und meine Klamotten holen müssen, aber ich wollte nicht mehr als nötig stören.

Die Stufen knarrten, sie kam herunter. Das ging aber schnell, dachte ich. Aber es war ihr Mann. Er trug hellblaue Boxershorts, war groß und spindeldürr und kam genau auf mich zu.

»Entspann' dich, Kumpel«, sagte er. »Sie kommt gleich runter.« Ich reckte mich voller Unbehagen.

»Ich gehe besser«, sagte ich.

»Nein, tu's nicht«, sagte er und goß sich selbst einen Drink ein. »Wir haben ein Abkommen, weißt du.« Er nahm auf einem Stuhl mir gegenüber Platz; ich konnte sehen, daß der kühle Drink oder vielleicht die kühle Luft hier unten seine Nippel hatten steif werden lassen. Er zog die Beine an, wobei sich der Schlitz seiner Shorts weit öffnete. Ich versuchte, nicht hinzusehen. Er fuhr fort.

»Ich liebe meine Frau über alles«, sagte er. »Und ich weiß, sie liebt mich genauso. Aber ich lasse ihr die Freiheit, ihren Körper jedem hinzugeben, den sie möchte, und sie läßt mir dafür die gleiche Freiheit. Ich glaube, man könnte sagen, wir führen eine offene Ehe.«

»Das ist echt cool«, sagte ich. »Nicht viele Frauen würden das mitmachen.«

»Meine Frau ist keine gewöhnliche Frau. Aber das mußt du selbst schon gemerkt haben, sonst wärst du nicht hier, oder, mein Junge?«

»Wie meinst du das?« fragte ich, obwohl ich ihn genau verstand – die Art, wie er »mein Junge« gesagt hatte.

»Ich mag Frauen«, protestierte ich. »Einige meiner besten Freunde sind Frauen.

Er streckte sich in seinem Stuhl aus, und ich sah, wie sein schlaffer Schwanz sich der neuen Stellung anpaßte.

»Du weißt schon, was ich meine. Ich ficke meine Frau gelegentlich, aber richtig geil werd' ich nur, wenn ich die Jungs ficke, die sie mitbringt und dann freigibt.« Damit stand er auf und zog seine Boxershorts aus. Er kam zu mir herüber und preßte seinen Schwanz fest an der Wurzel, erfreut, als dieser reagierte und dicker wurde.

»Aufmachen, Junge!« sagte er und stieß mit seiner Schwanzspitze an meine Lippen. Ich öffnete leicht den Mund. Er packte mich am Hinterkopf und schob mir gewaltsam seinen Schwanz rein. Er war zwar dünn, aber lang. Ich versuchte, mich, so gut es ging, an sein riesiges Rohr zu gewöhnen, aber er stieß es mir tief in die Kehle. Wie wild zerrte er meine Kopf hin und her. Ich packte seinen Arsch und klammerte mich verzweifelt daran fest. Er brüllte wie ein Stier, und mir war, als sei ich an eine Maschine angeschlossen, eine Dampframme, wurde vor- und zurückgeschleudert, während sein gewaltiger Prügel wie ein Kolben in meinen Mund rammelte.

Er schrie immer lauter, bis ich endlich spürte, wie sich seine Arschbacken verkrampften und sein ganzer Körper steif wurde. Seine heiße, klebrige Soße spritzte heraus, überflutete meinen Mund und lief mir am Kinn hinab bis auf meinen eigenen Schwanz und den Holzstuhl unter mir. Als er fertig war, stieß er mich zurück, zog seine Shorts wieder an und setzte sich auf seinen Stuhl zurück.

Überrascht sah ich, daß seine Frau mit ihrem Vibrator in der Hand daneben stand.

»Brandon«, sagte sie«, ich hoffe, du hast ihm nicht wehgetan. Er ist so ein netter Junge.« Sie kam zu mir und streichelte mir den Kopf. Sie schaute zu mir nieder und sagte:« Oh, du bist ja ganz schmutzig. Laß mich dich ein wenig saubermachen.« Zärtlich und liebevoll leckte sie mir das Sperma ihres Mannes vom Gesicht. Dann ging sie tiefer und reinigte meinen Schwanz und den Stuhl von den Spritzern. Ich konnte ihre Möse riechen. Ihr Mann lehnte sich desinteressiert zurück. Die Zartheit ihrer Zunge auf meinem Schwanz hatte ein latentes Bedürfnis in mir erweckt, und ich lehnte mich zurück und stellte meine Erektion zur Schau.

»Schau nur, Brandon«, sagte sie, »er braucht dich.« Ihr Mann lächelte ein wenig, wobei seine harten Züge weicher wurden.

»Ich schätze, ich bin dir was schuldig, hmm …«

»Darren«, sagte ich.

»Darren. Okay, Schatz, hol' mir die KY und ein Handtuch.« Sie lächelte und hüpfte geradezu aus dem Zimmer. Er stand auf, zog die Boxershorts aus und ließ seinen weichen, feuchten roten Schwanz sehen. »Darren«, sagte er, »wie möchtest du mich?«

»Auf dem Rücken«, sagte ich. »Ich möchte dein Gesicht sehen, wenn ich dir meinen Schwanz in den Arsch schiebe.«

»Wie wär's damit«, fragte er, beugte sich vornüber und spreizte seine Arschbacken. Ich ging zu ihm hinüber, leckte der Länge nach seine Arschspalte und machte mich dann über sein Arschloch her und versuchte, meine Zunge hineinzuzwängen.

»Wo bleibt deine Frau?« fragte ich. »Ich weiß nicht, ob ich noch länger warten kann.«

»Bin schon da«, sagte sie. »Gestattet mir, euch beiden Hübschen zu salben.« Sie legte das Handtuch über einen langen, stabil aussehenden Frühstückstisch, ihr Mann bestieg ihn, legte sich auf den Rücken und spreizte weit seine Beine. Rasch beschmierte sie sein Arschloch mit KY und wandte sich dann mir zu. »Mein Held«, sagte sie, »möge deine Lanze mit dem Segen dieser Dame wohl zustoßen.«

Ich drang langsam in ihn ein und vergalt ihm seine zügellose Lust mit Behutsamkeit. Ich hielt mehrere Male inne, um seinem engen Schließmuskel Zeit zu geben, sich zu entspannen, um mich tiefer aufzunehmen. Er war eine solch sanfte Liebestechnik offenbar nicht gewohnt und wurde ungeduldig.

»Verdammt, Junge, so groß bist du nicht. Ich könnte dich mit einem Furz raus und durchs Zimmer blasen«, sagte er grimmig.

»Brandon, er ist jetzt an der Reihe«, sagte seine Frau. »Nicht jeder mag's so wie du. Mach' weiter, Süßer, laß dir Zeit.«

Ich fühlte mich im Zwiespalt, meine fordernde Lust kämpfte gegen das Gefühl, in irgendwelche Spielchen zwischen Ehemann und Ehefrau verstrickt zu sein. Irgendwie fühlte er das; vielleicht hatte es schon andere wie mich gegeben.

»Lydia, Liebes, warum spielst du nicht ein bißchen mit dem Vibrator?« sagte er. »Ich glaube, du lenkst den armen Darren ab.« Sie schaute ein wenig verletzt drein und verließ abrupt das Zimmer. »Frauen…«, sagte er und rollte mit den Augen; dann: »Vielleicht hab ich mich geirrt, Darren, du fühlst dich tatsächlich ein wenig groß an. Zeig's mir, Junge, stoß mich.«

Da sie gegangen war, konnte ich mich ans Werk machen. Ich fing an, meinen Schwanz vor und zurück zu stoßen, wobei meine Schenkel ein paar Mal befriedigend gegen seinen Arsch klatschten. Um auf dem Tisch nicht zurückzurutschen, packte er mit ausgestreckten Armen die Tischkante auf meiner Seite. Immer wieder rammte ich meinen Schwanz in sein weiches, enges Arschloch, und nach kurzer Zeit fühlte ich mich so geil und hart, daß ich wußte, es würde nicht mehr lange dauern.

Ich hatte Brandon ins Gesicht geschaut, und er war soweit wie ich, heizte mich an, wartete auf meinen Orgasmus. Ich betrachtete seinen Schwanz, der noch immer schlaff war und im Takt meiner Stöße hin und her rollte. Ich bin gewöhnlich ziemlich still, und als ich kam, entfuhr meinen Lippen nur ein leises »Ohhh«. Mein Ständer wurde schnell weich, und seine kräftigen Arschmuskeln stießen meinen Schwanz aus.

Erschöpft legte ich mich auf dem Läufer zur Seite und rollte mich zusammen.

Brandon wischte sich mit dem Handtuch ab und kauerte sich neben mich. Er streichelte meinen Nacken und sagte sanft:

»Schön, mein Junge, schön. Darauf habe ich lange gewartet, viel zu lange. Ich muß die etwas gestehen, Darren. Lydia und ich haben dich schon eine ganze Weile beobachtet, ein paar Monate etwa. Wir haben ein so großes Haus, es wird einsam hier. Wir dachten, ein Junge in deinem Alter könnte es etwas munterer machen, etwas Leben ins Haus bringen. Es war nicht so wichtig, ob du für sie oder für mich dasein würdest; wir hätten dich so oder so gemocht. Jetzt kannst du vielleicht für uns beide dasein.« Ich wußte, daß er log, damit ich mir weniger benutzt vorkam. Es spielte keine Rolle; ich hatte auch abgespritzt.

»Brandon, sei nicht albern«, sagte ich. »Ich führe mein eigenes Leben, ich habe Zukunftspläne. Du und deine Frau, ihr braucht mich nicht, jedenfalls nicht öfter als einmal die Woche.« Ich grinste, um zu zeigen, daß er meine Gefühle nicht verletzt hatte.

»Du verstehst mich nicht, Darren. Ich meine es ernst. Wir kennen deine Pläne, wir wissen, daß du im letzten Semester von der Uni geflogen bist, daß du ein eigenes Auto haben möchtest, daß deine Eltern dich nicht akzeptieren können. Lydia und ich planen einen Trip nach Marokko nächsten Monat; wir möchten die Dekadenz der afrikanischen Küste kennenlernen. Wir haben drei Tickets gekauft. Eins davon gehört dir, wenn du willst. Danach kannst du hier wohnen, und wir zahlen dir die Schule.«

»Und was soll ich dafür tun? Dich ficken, deine Freunde, deine Haustiere, die Haustiere deiner Freunde? Ich bin keine Nutte, Brandon. Ich bin nicht käuflich.«

»Nein, nein, nein, wir verlangen nichts dafür. Du tust, was dir gefällt. Natürlich hoffen wir, daß du dich in uns verliebst, daß du uns fickst, daß du dein Leben mit uns teilst, aber wir werden dich nie zu etwas zwingen, das du nicht willst.« Während er geredet hatte, war Lydia zurückgekommen.

»Es freut mich, zu sehen, daß ihr euch so gut versteht«, sagte sie. »Ist noch ein Plätzchen frei für mich?«

»Ich hab' eine Idee«, sagte ich. »Wir gehen rauf und legen uns alle zusammen ins Bett.« Brandon und Lydia strahlten. Wir gingen nach oben und stiegen in Lydias Bett. Sie war immer noch geil, also fickten Brandon und ich sie nacheinander. Dann brachen wir alle erschöpft zusammen.

»Ich muß mal pissen«, sagte ich. Ich stand auf, sammelte still meine Kleider ein und legte sie ins Badezimmer. Ich drehte das Wasser voll auf und zog mich an. So leise wie möglich öffnete ich das Fenster und kletterte hinaus, genau rechtzeitig, um einen grandiosen Sonnenaufgang mitzubekommen. Es gibt etwas, das man sehr früh im Leben lernt: Drei sind eine Gruppe. Und außerdem, wie dekadent kann Marokko schon sein?

EIN VERTRAUTES GESICHT

Ricardo Juan-Ortiz

Eines Abends machte ich einen Besuch auf dem Schulhof meiner alten Grundschule unten in Brooklyn. Das rote Backsteingebäude war natürlich leer, und die Fenster waren dunkel. Es wirkte alt und verlassen, und ich stand einfach mitten auf dem Hof und schaute hinauf, wobei mir bewußt wurde, wie viele Jahre seit meiner Zeit hier als rotznäsiges Kind, das sich vor allem und jedem fürchtete, vergangen waren.

Ich spazierte ein wenig umher und erinnerte mich. *Hier* an der Mauer der Schule hatte ich Handball gespielt, *dort* war ich über Zäune geklettert und hatte getan, als sei ich ein fliegender Superheld; ich hatte auf den Stufen vor der Cafeteria gesessen und darauf gewartet, eingelassen zu werden, darauf gewartet, heimzugehen, immer weinend, immer das Opfer.

Ein Junge namens Pablo Baez war der Rowdy gewesen,

der mir am meisten zugesetzt hatte. Fast alle mochten ihn, und deshalb klatschten sie Beifall, wenn er mich piesackte. Obwohl er Puertoricaner war, war er sehr weiß, hatte hellgraue Augen und mittelbraunes Haar, und sein Mund war immer zu einem Grinsen verzerrt. Schon mit zwölf war er hübsch, schlank, athletisch und gerissen, aber trotz alledem nannten ihn all seine Lehrer einen »bösen Jungen«, und er machte mir das Leben in der Schule zur Hölle.

Rückblickend umfaßte der Katalog der kleinen Bosheiten und Verbrechen, die er an mir verübte, das übliche Repertoire. Gemeine Hinterhältigkeiten, zerfetzte Bücher und Demütigungen im Speisesaal. Am schlimmsten waren seine Bezichtigungen, ich sei schwul. In der sechsten Klasse belegten mich seine Tuscheleien in der Garderobe und sein tuckiges Geschwänzel mit einem Stigma, das mir das Schuljahr verdarb, das mein glücklichstes hätte werden sollen. Komischerweise war *er* es, ein wie guter Beobachter er auch immer sein mochte, der tuckte und schwänzelte und den geringsten meiner Manierismen übertrieben parodierte, aber immer bekam ich das Fett ab. Es würde sehr lange dauern, bis ich würde aufhören können, den bösen Jungen Baez zu hassen.

Die Erinnerungen begannen mich zu überwältigen, und ich machte kehrt, um zu gehen, als ich bemerkte, daß mich jemand aus einem der Schuleingänge heraus beobachtete. Ich hielt an und blickte zurück. Der Fremde kam auf mich zu. Ich versuchte, sein Gesicht zu erkennen, aber das Licht der Straßenlaternen war zu schwach.

Ich hatte keine Angst; er war alleine, und der kleine Junge, auf dem immer herumgehackt worden war, hatte sich seit der Schulzeit sehr verändert, sowohl innerlich als auch äußerlich. Das Krafttraining auf der Highschool und später am College waren das Beste auf der Welt für mich gewesen. Mit der Zeit hatten sich meine Muskeln *und* mein Selbstvertrauen entwickelt. Was mein Aussehen betrifft, so könnte man sagen, daß es die Pubertät sehr, sehr gut mit mir gemeint hatte. Ständig waren irgendwelche Männer oder Frauen hinter mir her.

Also wartete ich mitten auf dem dunklen Schulhof auf den Fremden.

Gerade als er wenige Schritte vor mir haltmachte, kam der Mond hinter einer Wolke hervor und erhellte den Platz mit einem starken silbernen Leuchten.

Es war Pablo. Mit Schnäuzer.

Ich war überrascht, ihn hier zu sehen, total überrascht, aber ich ließ mir nichts anmerken. Ich sah, daß er mich noch nicht erkannt hatte, da ihm das Mondlicht ins Gesicht schien, und so nahm ich die Gelegenheit wahr, ihn mir von Kopf bis Fuß anzuschauen. Er trug eine Art Uniform, wie ein Nachtwächter oder ein Hilfspolizist oder so etwas ähnliches. Auf seiner rechten Tasche glänzte ein Abzeichen, aber für einen richtigen Polizisten stimmten die Farben nicht. Er war kleiner als ich, schlanker; er war, seitdem wir uns zum letztenmal gesehen hatten, nicht sehr gewachsen.

Er stand da, fummelte am Schalter seiner Taschenlampe, bis er es schaffte, sie einzuschalten, und leuchtete mir ins Gesicht. Ich zuckte nicht mit der Wimper.

»Scheiße!« hörte ich ihn sagen. »Bist *du* das, *Marco*?«

Ich bestätigte mit einem knappen Nicken, und er schaltete die Taschenlampe aus.

»Erinnerst du dich an mich?« fing er an, in diesem dumm-fröhlichen Tonfall, den die Leute annehmen, wenn sie jemanden treffen, den sie lange nicht gesehen haben, wobei sie die ganze miese Scheiße vergessen, die sie demjenigen seinerzeit angetan haben. »Ich bin's, Pablo! Erinnerst du dich?«

Ich glaube, man könnte sagen, ich schnappte zu. Gott vergebe mir, aber dies was eine zu gute Gelegenheit, um es ihm heimzuzahlen. Scheiß drauf, wenn ich dafür in den Knast ging. Gelegenheiten wie diese boten sich nur einmal im Leben, und ich hatte mich schon eine ganze Weile lang richtig gut benommen. Ich verdiente eine kleine Belohnung.

Ich setzte ein falsches Lächeln auf und tat, als wollte ich ihn umarmen. Statt dessen riß ich mit einer Hand die Pfeife ab, die ihm um den Hals hing, schnappte mir mit der anderen den Schlagstock von seiner Hüfte und rammte ihn ihm fest in den Magen. Er keuchte und ging zu Boden.

»Und ob ich mich an dich erinnere, du kleines Arschloch«, sagte ich, während er keuchend auf dem Boden umherkroch. »Du blöde Sau. Du hättest dich an mehr erinnern sollen, als nur an mein Gesicht.« Ich sah mich rasch um. Niemand schien uns zu beobachten.

»Wovon redest du überhaupt ...?« stöhnte er, zu verdutzt, um aufzustehen.

Am Gürtel zerrte ich ihn auf die Füße. »Ein falscher Ton, eine falsche Bewegung, und ich schlage dir den Schädel ein!« Ich zog ihn in den Eingang, durch den er gekommen war und stellte fest, daß er nicht verschlossen war.

»Du bist verrückt, total verrückt«, stammelte er, als ich ihn auf den gekachelten Fußboden der Cafeteria schleuderte.

»Wenn ich verrückt bin, dann hast du dafür gesorgt, du Drecksack!« zischte ich und schloß die Tür hinter mir. Mein Gesicht war erhitzt, mein ganzer Körper stand in Flammen. Ich war wütend. Dies war meine Rache. Sie war so nahe, daß ich sie riechen konnte. Es war Zeit, anzufangen.

Ich nahm ein Paar Handschellen von seinem Gürtel und fesselte seine Handgelenke auf den Rücken. Er kämpfte kaum dagegen an, bis er tatsächlich das endgültige Klicken der Fesseln hörte, dann fing er an, sich zu winden und um sich zu treten, bis ich ihm eine Ohrfeige versetzte.

»Du Scheißkerl!« brüllte er.

»So wie du brüllst«, sagte ich, jetzt ganz ruhig, da ich wußte, daß er nirgendwo mehr hingehen würde, »und keiner kommt, heißt das wohl, daß du alleine hier bist, Pablo, stimmst's?«

Er schwieg und bedachte mich mit einem gehässigen Blick.

Ich ohrfeigte ihn. »Stimmt das?«

Er spuckte nach mir. Ich ohrfeigte ihn erneut.

»Du Schwein!« fluchte er.

Wieder gab ich ihm eine Ohrfeige. Und noch eine. Ich schlug ihn, bis er sein Maul hielt. Seine Lippen waren dick und geschwollen, als er endlich begriff, wer hier das Sagen hatte. Irgendwie sah er geiler aus, nach all den Ohrfeigen, gedemütigt und mit einem roten Gesicht wie ein Baby.

»Jetzt hör zu!« sagte ich, »du hast mich richtig fertiggemacht, als wir klein waren, und mich ständig verhauen, nur um zu beweisen, daß du der König vom Scheißberg bist. Sag' bloß nicht, du hast es getan, weil wir damals Kinder waren, denn das ist nicht die geringste Entschuldigung für die miese Scheiße, die du gebaut hast. Du kannst's vielleicht auf die Lehrer schieben, die es nicht verhindert haben, oder auf deine Eltern oder meine, aber jetzt bist *du* hier, und deshalb mußt du jetzt alles ausbaden.« Ich ohrfeigte ihn erneut.

Er fing an zu weinen. »Willst du mich umbringen?« wimmerte er.

Ich lächelte nur.

»Oh Scheiße, Mann, tu's nicht«, jammerte er. »Ich hab' Frau und Kinder, tu's nicht.«

»Ich tu, was ich will, klar, Arschloch?« Ohne ein weiteres Wort packte ich ihm am Kragen und fetzte ihm das Hemd vom Leib.

Billiges Zeug; ich hatte es in einem Zug 'runter, zerrissene Ärmel und alles. Um besser sehen zu können, schaltete ich das Licht in der Küche der Cafeteria ein; ich war sicher, daß es von draußen nicht zu sehen war.

Er hatte noch immer weiche Haut, keinerlei Haare auf Brust oder Armen, lediglich einen leichten Flaum überall. Er war nicht muskulös, guter Durchschnitt, würde ich sagen.

»Und jetzt ziehen wir die Hosen aus«, säuselte ich ihm von hinten ins Ohr.

Ich glaube, er wußte noch immer nicht, was ihm bevorstand, selbst als er völlig nackt war und vom Liegen auf dem kalten Fußboden zitterte. Sein unbeschnittener Schwanz war ganz eingeschrumpelt, schien aber recht groß zu sein, wenngleich mich das an diesem Abend nicht im geringsten interessierte. Ich stieß ihn mit dem Schlagstock, er zuckte zusammen. Ich ging um ihn herum und schlug nach ihm, aber von den Ohrfeigen, die ich ihm zuvor gegeben hatte, hatte er seine Lektion gelernt. Ich zerrte ihn auf die Füße und sagte, »Die Schule hat angefangen, Pablo, und der Lehrer hat einen Tisch für zwei.« Ich deutete auf einen der Cafeteriatische und befahl ihm, sich mit dem Gesicht nach unten darüber zu legen. Er gehorchte.

Ich ging in die Küche, nahm etwas Butterfett aus dem Kühlschrank und fettete mir vergnügt summend die Hände damit ein. Pablo jaulte auf, als ich es auf seinen Arschbacken verteilte. Bevor er etwas sagen konnte, sagte ich, »Du warst ein böser Junge in der Schule, Pablo, aber du bist nie dafür bestraft worden. Jetzt bekommst du, was du schon lange verdient hast.«

Ich fing an, ihn zu schlagen. Es war toll. Ich fand einen Rhythmus, mit dem ich ihm meine Hand auf die Arschbacken klatschte, die rund und nicht wirklich fest waren, fast wie der Hintern einer Frau. Trotzdem genoß ich es, ihn zu prügeln. Ich versohlte ihn eine gute Stunde lang. Zuerst schrie er auf, aber nach einer Weile kam nur noch ein Stöhnen. Ich hielt inne, um meinen Händen eine Pause zu gönnen, wodurch das Blut in seine Hinterbacken strömte, die rot wie eine Tomate wurden und außerordentlich empfindsam!

Aus der Küche holte ich eine Tasse mit Eiswasser und ließ ein paar Tropfen auf seinen geschwollenen Hintern fallen. Er wand sich vor Schmerz. Nach einiger Zeit konnte ich meine Hand nicht mehr spüren, aber das machte nichts. Ich fühlte mich stark, voller Kraft. Der ganze Mist aus den vergangenen Jahren, den ich im Kopf hatte, entleerte sich über denjenigen, der dafür verantwortlich war. Der Geruch von Schweiß und Angst, der von ihm ausging, machte meinen Schwanz steinhart und brachte mich auf einen Gedanken, wie ich das Ganze abschließen konnte.

Als ich damit fertig war, ihn zu verprügeln, lag er einfach nur da und weinte still vor sich hin. Ich öffnete meine Hose und verteilte das restliche Fett auf meinem Schwanz, den gesamten 25 Zentimetern. Er bewegte sich kaum, als meine Finger sein Arschloch berührten, jammerte nur etwas. Ich wußte genau, daß sein Schwanz von dem Hin- und Herreiben auf der Tischplatte während der Prügel, die er zuvor eingesteckt hatte, ebenfalls hart war.

Ich schmierte ihn hübsch ein und steckte problemlos meinen dreieinhalb Zentimeter dicken Schaft in ihn rein. Er stieß einen letzten lauten Schrei aus, da sein Arsch ja noch oh so empfindlich war. Als ich in voller Länge eindrang, konnte ich überall, wo ich ihn berührte, die Hitze seines glühenden Arsches im Schritt spüren. Sein jüngfräuliches Loch war weich, feucht und geschmeidig im Innern, während die Außenseite mollig warm war. Angetörnt von seinem entsetzten Schweigen, fickte ich ihn langsam und ausgiebig. Um mich abzulenken, knabberte ich ein wenig an seinem Nacken, und konnte spüren, wie seine Hände sich verkrampften, während ich ihn von hinten rammelte und mich dabei über ihn legte.

Sein Arsch preßte meinen Schwanz zusammen. Ohne zu wollen, kam er in Stimmung, und dieser Gedanke erregte mich noch mehr. Dies war wahrscheinlich der beste Fick meines Lebens, dachte ich. Ich griff nach vorn und zwickte seine Brustwarzen. Er brummelte nur: »Oh, oh, oh …«

Ich packte ihn an den Hüften und rammte ihn von Zeit zu Zeit mit voller Kraft. Er war Wachs in meinen Händen.

Ich vermute, der Schmerz war inzwischen verschwunden, denn er fing an, mir gegen seinen Willen mit dem Arsch entgegenzukommen, nach mehr zu verlangen und seinen Schließmuskel um meinen Kolben zu verkrampfen. Vielleicht wollte er auch erreichen, daß ich schneller kam. Ich weiß nicht. Ich war ohnehin nahe daran, abzuspritzen, also ließ ich es kommen.

Ich fühlte, wie meine Eier richtig schwer wurden und alle Muskeln in meinem Körper sich anspannten. Dann kam ich. Ich knurre, wenn ich komme, und in der leeren Cafeteria klang es wie in einem Tigerkäfig. Als er spürte, daß ich kam, ging es auch ihm ab; mit »Ai-yi-yi, ai-yi-yi!«, bis er fertig war. Es reizte mich zum Lachen, und ich lachte los.

Ich ging aufs Klo, pinkelte, wischte mich sauber und kam zurück zu Pablo.

Er hatte sich zur Seite gerollt, während ich beschäftigt gewesen war; sein eigenes Sperma klebte am Tisch und glänzte auf seinem Bauch. Benommen schaute er mich an.

»So, Pablo, jetzt sind wir quitt. Damals hast du mich verdroschen, und heute hab' ich dir's heimgezahlt und dich in den Arsch gefickt. Ich glaube, ich habe noch nie einen besseren Fick gehabt. Die Schule ist aus, und der Lehrer geht jetzt.« Damit wandte ich mich zur Tür.

»Und was wird aus mir?« hörte ich ihn winseln.

Ich hielt an.

»Weißt du das nicht, Pablo«, kicherte ich. »Böse Jungs müssen nachsitzen. Du wirst demjenigen, der dich findet, erklären müssen, warum du *Arrest* hattest.« Ich grinste.

»Natürlich kannst du auch jederzeit nach Hause gehen. Die Tür ist offen. Dann müßtest du demjenigen, der dich findet, nur erklären, was mit dir passiert ist.«

»Das wirst du mir büßen!« kreischte er. »Ich hetz' dir die Bullen auf den Hals!«

Ich lachte. »Na klar, erzähl's *denen*. Selbst wenn sie sich drum kümmern, macht mir das überhaupt nichts aus. Ich hab' dich erwischt, und zum Schluß hat dir's gefallen, und jetzt hab' ich dich für immer, und nichts, was du tust, kann daran etwas ändern. Und wenn du die Nummer wählst, denk' nur dran, wie richtig toll es für dich war. Du hattest gerade den besten Sex deines Lebens, und du hast eimerweise abgespritzt. Versuch', der Polizei *das* zu erklären.«

HÖLLE

Michael Chelsea

Ich sitze in der blutroten Finsternis des Clubs und lausche dem Gemurmel der Gäste, die essen, trinken und tanzen. Ich kann das Scharren von Silberbesteck auf Porzellan hören, das leise Klirren von Kristallkelchen, das weiche, melodische Klappern von Kaffeetassen auf Untertellern.

Ein Kellner nähert sich, und ich gebe meine Bestellung auf – Wein vielleicht, obwohl ich nicht besonders auf die Sorte achte. Eingehend beobachte ich die Leute um mich her, nehme jeden kleinen Laut, jeden Anblick und jede Einzelheit dieses seltsamen Nachtclubs in mich auf.

Es ist sehr spät. Ich spüre es in den Knochen. Ich hatte mein Notizbuch zu Hause in meiner Wohnung gelassen; an Orten wie diesem sind Zeitungsleute nie besonders willkommen, selbst wenn sie Clubmitglieder sind. Ein angesehenes Mitglied ist man hier, wenn man eingeladen wird, die exklusive Fünfhundert-Dollar-Pauschale zu entrichten.

Ich frage mich, was die Leute herführt. Der Service ist ausgezeichnet, die Kellner leise und zuvorkommend, das Essen hervorragend und das Ambiente recht elegant, wenngleich es ein wenig an einen Leichenschmaus erinnert. Ich schaue mich um und stelle fest, daß der Club zwar bei weitem nicht leer, aber auch nicht unbedingt voll ist. Die Gäste sind allesamt wohlhabend genug, um sich das Eintrittsgeld leisten zu können, wenn nicht sogar ausgesprochen reich. Es sind ausnahmslos schöne Menschen; als ob die Häßlichen es sich nicht leisten könnten, hierher zu kommen, oder an der Tür abgewiesen werden würden.

Etwas anderes, das mir an diesem Ort – den seine literarisch gebildeten Eigentümer *Dante's* genannt haben – auffällt, ist die Atmosphäre von Toleranz. Männer tanzen umarmt miteinander, zuweilen mit aufeinandergepreßten Lippen, und wiegen die Hüften im Takt der Musik. Köpfe werden zu intimen Gesprächen zusammengesteckt, und die Musik ist niemals so laut, daß sie den Lauf der Konversation stören könnte.

Von Zeit zu Zeit sehe ich Männer durch eine der beiden Türen an den Enden des langen Raumes treten, der den Hauptteil des Clubs einnimmt. Diejenigen, die aus der rechten Tür kommen, machen einen recht glücklichen und befriedigten Eindruck. Sie bewegen sich mit einem gewissen Schwung; ich frage mich, was dies zu bedeuten hat. Nicht ganz so viele Leute kommen aus der linken Tür, aber die, die herauskommen, scheinen, wenngleich weniger beschwingt, so doch nicht weniger befriedigt auszusehen. Es ist die linke Tür, die den größten Reiz auf mich ausübt.

Der schweigsame Kellner bemerkt mein Interesse, kommt zu mir und erbietet sich, mich zur Tür meiner Wahl zu geleiten.

»Himmel oder Hölle?« fragt er leise und beugt sich in der

Hüfte, um seine Worte zu flüstern. »Möchten Sie aufsteigen, Sir? Oder möchten sie absteigen? Sicher oder gefährlich; Ihr Vergnügen wird in jedem Fall garantiert.«

Ich bin nicht naiv. Ich verstehe, was Himmel und Hölle in diesem Zusammenhang bedeuten. Deshalb bin ich schließlich hier: für eine Story.

Der Kellner wartet auf meine Entscheidung. Mein Kopf rät mir, aufzusteigen, aber irgendein innerer Dämon drängt mich in den Abgrund. Noch bevor ich mir auch nur bewußt werde, welche Worte meine Lippen bilden, höre ich das Wort »Hölle« aus meinem Mund ertönen. Der Kellner nimmt mich am Arm und führt mich zur Tür meiner Wahl.

Die Doppeltür führt auf einen Flur, der in einen weiteren Flur übergeht. Hinter einem verzierten Tisch sitzt ein Mann mir einer schwarzen Ledermaske. Er händigt mir einen Schlüssel mit einer eingestanzten Nummer aus. Der Kellner verläßt mich an der Tür, seine Aufgabe ist erledigt.

Das Zimmer, nach dem ich suche, befindet sich fast am Ende des zweiten langen, gewundenen Korridors. Überraschenderweise gibt es keine Stufen – ich hätte gedacht, der literarisch beflissene Typ, der sich den Namen ausgedacht hat, hätte zumindest ein paar symbolische Stufen, die in die Unterwelt führen, einbauen lassen. Ich frage mich, ob es wenigstens eine Treppe zum Himmel gibt.

Die Tür zu dem Zimmer ist offen, und ich schaue hinein, bevor ich eintrete. Es ist finster. Das einzige Licht kommt von einer einzelnen schwarzen Kerze auf einer Kommode. Die Gardinen sind das Gegenstück zum Dekor des Clubs draußen: rot auf schwarz. Natürlich gibt es ein Bett; vom Kopfteil hängen bedrohlich Lederriemen. Es gibt noch weitere Dinge hier, aber es ist zu dunkel, um sie sehen zu können. Nervös trete ich ein, wobei ich mich frage, ob ich die richtige Entscheidung getroffen habe.

Er kommt aus dem finstersten Teil des Zimmers, schließt die Tür und sperrt sie ab, als ich die Schwelle überschreite. Er steht hinter mir und ergreift jetzt den Stoff meines Hemdes, wobei er seinen Fingern gestattet, meine Haut zu streifen. Er wühlt in meinen Haaren, und der scharfe Schmerz seines Griffes treibt mir Tränen in die Augen. Er zieht meinen Kopf nach hinten, bis ich zu ihm aufschaue.

Auch er trägt eine Maske – eine schwarze Ledervorrichtung, die seine Augen und den größten Teil seines Gesichts bedeckt. Die freie Hand, die er erhebt, um mein Gesicht zu berühren, trägt einen Handschuh mit Metallnieten, die über seinen Knöcheln glitzern. Sein Griff an meinem Kinn ist warm, seine Finger sind schwielig; ich spüre ihre Rauheit auf der Haut. Gespenstisch wandern sie über meine Wangen, meine Augen, meine Schläfen. Er dreht meinen Kopf ein wenig zur Seite, und dann erscheint seiner über meiner Schulter.

»Wie heißt du?« fragt er und zerrt leicht an meinen Haaren. Ich kann die markante Linie seines Kinns erkennen. Seine Augen blitzen im Kerzenschein. Ich lecke meine Lippen, die plötzlich ausgetrocknet sind. Ich flüstere. »Sinjin … ich heiße Sinjin.«

Vielleicht hätte ich besser lügen sollen.

»Was ist denn das für ein Name?« Er lacht, ein rauher Laut in meinem Ohr, und er schlägt mich ins Gesicht – hart genug, damit es schmerzt. Dann umschließt seine Hand mein Kinn, und er preßt seine Lippen auf meine und bestraft mich für meinen idiotischen Namen.

Er gibt auf, meine Lippen zu mißhandeln, und stößt mich auf ein Trapez zu, der von der Decke hängt. Ich will seinen Namen wissen, aber er ist schon wieder weit weg, läßt mein Haar los, um meine Handgelenke an die Stange zu fesseln.

Die Handfesseln sind mit Schafsleder gefüttert, das sich

an den Handgelenken weich anfühlt. Er zieht mir die Arme über den Kopf und beugt sich nieder, um das gleiche mit meinen Fußgelenken zu tun. In meinen Lenden fühle ich ein seltsames, drängendes Prickeln, das nur schwer zu ignorieren ist.

Obgleich ich ihn noch immer nicht sehen kann, kann ich ihn spüren. Er beschäftigt sich mit den Knöpfen an meiner Hose; er ist nicht zärtlich dabei, hat keine Hemmungen. Die Bewunderung, die er meinem Schwanz entgegenbringt, ist echt. Er wichst mich, wobei er das Glied, das sein Interesse so gefangen hält, angurrt. Er greift in seine Tasche, und ich spüre, wie sich etwas Kaltes und Metallisches über meinen Schwanz bis zur Wurzel schiebt.

Er steht auf und nimmt mein Gesicht wieder in die Hand. Er beugt sich leicht nach vorn. Ich fühle seinen warmen Atem. »Sinjin, Sinjin, Sinjin …«, singt er und küßt mich erneut. Seine spitze Zunge spielt mit der meinen. Aber gerade als ich an den Punkt komme, wo ich seinen Mund auf meinem brauche, zieht er sich zurück. Er wendet sich kurz ab, und als er mich wieder anschaut, hält er eine kleine Peitsche in der Hand, die am Ende ein Dutzend Lederriemen haben muß. Er reibt damit an meinem Schenkel empor und führt sie über meinen Schwanz. Es ist mehr ein Kribbeln als ein Kitzeln, und ich fühle, wie mein Schwanz sich gegen den Schwanzring drängt, den er gerade angebracht hat.

»Du magst das, nicht wahr?« Er beugt sich nach vorn, legt mir die Hand zwischen die Beine und packt meine Eier, die er hart quetscht.

Ich schnappe nach Luft, mein Körper zuckt in seinen Fesseln. Mein Partner läßt die Peitsche vor meinem Gesicht durch die Luft zischen.

»Du wirst tun, was ich dir sage, wenn ich dir befehle, es zu tun. Ist das klar?« Seine Stimme ist leise, heiser; sie knirscht mir in den Ohren und sendet Schauer über meinen Rücken.

Er öffnet die Knöpfe an meinem Hemd und streicht mit den Händen über meine Brust. Eine Weile spielt er mit meinen Brustwarzen. Seine Berührung ist alles andere als zärtlich, aber dennoch erregt sie mich. Andere Liebhaber sind zärtlich gewesen; bei dem Fremden, mit dem ich heute abend zusammen bin, möchte ich das nicht.

Wieder nähern sich seine Lippen meinem Ohr. Er nimmt das Ohrläppchen in den Mund und beißt zu.

»Einen Augenblick ...« Er läßt von mir und wendet sich ab, um etwas aus einer Schublade der Kommode zu nehmen. Es ist eine Augenbinde.

Als er sie mir über den Kopf streift, bricht völlige Dunkelheit über mir herein; ich gerate in Panik, zerre an meinen Fesseln, werfe den Kopf hin und her und versuche, die Binde abzustreifen. Seine Finger packen mich erneut am Kinn und drücken schmerzhaft zu.

»Du stehst jetzt still!« Die Peitsche klatscht über meine Schenkel und meinen Arsch. Ich nicke langsam, und weil ich nicht stillstehe, peitscht er mich erneut und leckt zur Bekräftigung über die Seite meines Gesichts.

Ich stehe völlig still und spüre, daß er niederkniet, um mit meinem Schwanz zu spielen. Sein Mund bewegt sich über die Eichel, und seine Zunge fährt langsam den Schaft auf und ab. Ich spüre meine Erektion, schwach zunächst, aber dann immer stärker gegen den Ring drücken. Es ist ein neues Gefühl für mich; es ist angenehm eng und scheint das Gefühl auszudehnen.

Mit seiner Zunge und den Zähnen nimmt er meine Eier, knabbert an ihnen, leckt und saugt. Er dringt tiefer vor und bahnt sich den Weg auf mein Arschloch zu.

Ich kämpfe hart, um ruhig zu bleiben, aber meinen Lippen entfährt ein leichtes Stöhnen, und meine Hände ballen sich von der Anstrengung, die ich aufbiete, um mich nicht zu bewegen, zu Fäusten.

Von unten wird mein Name gebellt, und diesmal höre ich tatsächlich die Peitsche durch die Luft pfeifen, als er mir einen Schlag über die linke Schulter versetzt.

Ich rühre mich nicht, dennoch kann ich, als ich den stechenden Schmerz spüre, ein Stöhnen nicht unterdrücken. Mein Schwanz ist nun so hart, daß er brechen könnte.

Langsam steht er auf, wobei er lediglich seiner Zungenspitze gestattet, meine Haut zu berühren. Er kostet meinen Schweiß, meine Furcht und liebkost die Haut auf meinen Armen und auf der Brust mit dem Peitschenriemen. Ich fühle, wie mein Schwanz gegen meinen Bauch klatscht. Dann versetzt er mir eine Reihe von sechs weiteren scharfen Hieben auf den Rücken, bis ich es nicht mehr ertrage und einen Schrei ausstoße.

Er reibt seine Lippen und Zähne an der Vertiefung unter meinem Ohr und bläst das Haar zur Seite.

»Denk' dran, Sinjin ... Rühr' – dich – nicht!« Er betont jedes dieser Worte mit Küssen und Bissen an meinem Nacken, über meine Schulter, den Grat meiner Wirbelsäule. Und jedesmal folgt seinem Mund das Streicheln der Peitsche.

Ich fühle ihn, bevor ich ihn spüre; er dreht ein in den Boden eingelassenes Rad, das meine Beine spreizt, soweit es die Fesseln und meine heruntergelassenen Jeans erlauben. Er verabreicht mir ein letztes Mal sechs weitere Schläge mit der Peitsche, die meinen Rücken mit stechenden Schmerzen versengen, dann läßt er sie zu Boden fallen.

Ich bin benommen, weiter getrieben, als ich es je erlebt habe, ihm hilflos ausgeliefert. Seine Hände umfassen meine Arschbacken, Fingernägel graben sich in heißes Fleisch, das rot anläuft; ich bin ganz in seiner Gewalt und nicht imstande, selbst etwas zu tun.

Seine spitze Zunge wühlt in meinem engen Loch. Plötzlich möchte ich ihn in mir spüren. Der Druck zwischen meinen Beinen ist jetzt sehr stark, und ich weiß nicht, wie lange ich ihn noch werde ertragen können. Mein Partner steht auf. Er ist größer als ich. Er stößt meinen Kopf nach vorn, legt mir seine Hände auf die Hüften und spreizt meine Arschbacken.

Ich spüre einen scharfen Schmerz, als seine Eichel in mein enges Loch eindringt. Unter der Kappe schließen sich meine Augen in purer Ekstase. Er ist riesig; seine Eichel dehnt mich unerträglich. Dann ist er ganz in mir, treibt seinen Schwanz bis zum Anschlag vor und dann wieder heraus, ohne sich die Mühe zu machen, sanft vorzugehen. Seine Hüften bohren sich in meine, während er mich von hinten nimmt.

Mit meinen verbundenen Augen verliere ich jedes Gefühl für mich selbst. Ich fühle nur noch seine Hände auf meinem Leib, seinen Riemen tief in meinem Innern. Er fällt in einen Rhythmus und stößt mit seinem steinharten Schwanz ein und aus.

In der Finsternis unter der Augenbinde sehe ich einen Lichtschimmer, dessen Intensität sich im Einklang mit dem fremden Schwanz, der mich fegt, verstärkt. Ich vermag es nicht, noch länger reglos und still zu stehen, und stöhne laut auf, während sich hinter dem Schwanzring der Druck aufbaut und der dampfende weiße Saft das Hindernis überwindet, aus meinem Schwanz hervorschießt und gegen meinen Bauch spritzt.

Mit einem letzten harten Stoß explodiert er tief in meinem Innern und wärmt meine Eingeweide mit seinem Sperma. Ich höre seinen Schrei der Erleichterung und fühle, wie sein Kopf auf meine Schulter sinkt. Mein eigener Kopf fällt mir auf die Brust. In der plötzlichen Stille ist deutlich unser keuchender Atem zu hören.

Nach ein paar Augenblicken wird mir die Augenbinde abgenommen, und er löst die Fesseln an meinen Beinen und Handgelenken. Er massiert mir die Gelenke, um den Kreislauf anzuregen, und fordert mich nicht auf, die Jeans hochzuziehen. Er scheint es zu bedauern, sie zuknöpfen zu müssen, als ich sie mir endlich über die Hüfte streife. Selbst nachdem die Augenbinde abgenommen ist, kann ich ihn nicht sehen. Es ist wahrscheinlich besser so, denke ich, als ich schwankend zur Tür gehe. Im gleichen Moment greife ich in die Hintertasche meiner Jeans, um meine Brieftasche zu ziehen. Der andere hält inne; er hebt eine Hand, die ich nur als undeutlichen Umriß zu sehen vermag.

Ich vermute, daß Trinkgelder nicht gestattet sind, daß dies ein Service des Hauses für seine Gäste ist. Also hole ich kein Geld hervor. Ich nehme vielmehr eine Karte mit meinem Namen und meiner Adresse in erhabenen schwarzen Lettern heraus. Ich lasse sie auf die Kommode fallen, wo sie in der Finsternis weiß glimmt.

Dann verlasse ich das Zimmer. Vielleicht werde ich, jetzt, da ich Mitglied bin, zu *Dante's* zurückkommen. Vielleicht auch nicht. Vielleicht wird mein geiler Fremder meine Karte behalten, und vielleicht sehe ich ihn wieder. Ich kehre zu meinem Tisch zurück, sitze in der blutroten Finsternis und lausche dem Gemurmel der Kundschaft, die ißt, trinkt und tanzt.

Ich sehne mich schon jetzt nach ihm.

STRIPTWIST

Gordon Firestone

Beeil' dich, Mann, es ist fast vier!« rief Gary mir zu, als ich von der Tür zu seinem Apartment zurücktrat. Er schleppte fünf große Kisten hinter sich her, schob eine mit dem Fuß und zerrte an einer weiteren.

»Was ist los? Ich habe dir gesagt, du sollst um drei hier sein, um mir beim Aufbauen zu helfen! Wir haben gerade noch zehn Minuten Zeit, um das Zeug aufs Dach zu schaffen«, sagte er, schaute auf und lächelte mich an, als habe er eben das Zielband beim Marathon zerrissen. »Ich habe eine Show vorbereitet, die man auf keinen Fall verpassen darf.«

Ich grinste; Samstagnachmittage sind für Gary und mich etwas ganz Besonderes. Nach der Arbeit sprinte ich rüber zu seiner Wohnung mitten in Manhattan. Gary ist ein Filmfreak – ständig versucht er, die perfekte Szene in den Kasten zu bekommen, und seine Sammlung besteht aus inzwischen mehr als hundert Videobändern, alle in Heimarbeit gedreht.

»Wo sind sie diesmal?«

»Fünf Blocks entfernt; man kann von meiner Wohnung aus nicht durchs Fenster sehen, wir müssen aufs Dach. Tisch und Stühle sind schon oben.«

Seine Ausrüstung in der zur Verfügung stehenden Zeit aufs Dach zu schaffen, war zu zweit viel einfacher: ich schleppte die Kamera, die Tonanlage, die Videos und das Stativ, während Gary die Kisten mit dem Verstärker, dem Monitor und den Kabeln wuchtete. Garys Apartment liegt in der zwölften Etage eines einundzwanzigstöckigen Gebäudes. Als wir endlich im Aufzug steckten, schien er es wirklich kaum erwarten zu können, loszulegen.

»Bei dem heute flippst du wirklich aus, Dave«, sagte er. Ich warf einen Blick auf seine Hose; sein Schwanz hatte schon angefangen, sich gegen den Hosenladen seiner Jeans zu pressen. Ich konnte ihn von da, wo ich stand, riechen: ein angenehmer, männlich-geiler Duft, der sich in meinen Kleider festzusetzen schien. Er kratzte sich am Kopf, wobei er seinen Arm über die Schulter erhob und die Muskeln spielen ließ, die sein kurzärmliges Polohemd ausfüllten.

Bevor ich jedoch wirklich etwas unternehmen konnte, öffneten sich die Türen im obersten Stockwerk. Wir mußten unser Gepäck aus dem Aufzug und dann zwei Treppen hoch ins Freie wuchten. Eine der Kamerakisten knallte und rasselte geräuschvoll gegen das Geländer, und ich verlor beinah die Beherrschung – Garys Zeug ist teuer, und daran schuld zu sein, daß es zu Bruch ging, war das letzte, was ich wollte.

Ich warf ihm einen entschuldigenden Blick zu, aber er winkte mich weiter. »Sechs Minuten, Dave; wir sind fast da.«

Ein Tag in New York mitten im August ist richtig widerlich. Mein T-Shirt fühlte sich an, als hätte ich es gleich nach dem Duschen übergezogen; von meinen Achseln troff mir der Schweiß über die Rippen, und ich konzentrierte mich darauf, langsam zu atmen, um mich wachzuhalten. Selbst in zig Metern Höhe wirkte die Luft, als atmeten wir die Dämpfe aus einem umgekippten Swimmingpool ein und ich müßte auf dem Grund des tiefen Endes umherspazieren. Außerdem war es heiß.

Das Dach sah aus wie jedes andere Dach auf einem Wohnhaus in der Stadt: Scharfe graue und schwarze Schottersteine knarrten unter unseren Füßen, als wir die Ausrüstung aufbauten. Wie er gesagt hatte, waren ein Paar billiger Campingstühle und ein Klapptisch für die Sitzung hier herauf gebracht worden, und die Tatsache, daß sie nicht gestohlen worden waren, war ermutigend. Das Geländer war etwa einen Meter vor der Kante des Dachs in den Zement eingelassen worden und etwa 1,20 m hoch. Von hier oben hatte man einen Blick bis New Jersey.

Das beste an dem Ort war die Tatsache, daß wir auf dem höchsten Gebäude in der Umgegend standen; wir konnten jeden im Umkreis von zehn Blocks ausspionieren, ohne selbst gesehen zu werden. Manchmal fragten Gary und ich uns, ob die Motorradstreifen der New Yorker Polizei wohl nach Voyeuren auf Dächern Ausschau hielten, und jedesmal, wenn wir ein Flugzeug oder einen Hubschrauber hörten, schauten wir nach oben und winkten. Gary war der Ansicht, es sei unhöflich, das nicht zu tun.

Ich versuchte, es mir auf dem nächsten Campingstuhl bequem zu machen, und wurde immer fickriger; Leute zu beobachten, die es bei sich zu Hause treiben, hatte mich schon immer angeturnt, aber das Geheimnis, das Gary angedeutet hatte, und sein gelegentliches Gemurmel, »Das wird 'n Hammer«, machte mich nur noch wilder.

»Also, bei wem spannen wir diese Woche?« fragte ich.
»Politessen? Yuppies? – Ich hab keine Lust, Yuppies zuzuschauen, wenn sie's treiben. Die ziehen nicht mal ihre Socken aus, das ist lächerlich.« Ein alter Streit zwischen uns beiden: Ich stellte mir immer vor, mit einem tödlichen Streß-Job Unmengen von Kohle zu machen, würde den Sex verbessern, nicht verschlechtern. Offensichtlich war das, nach einigen der Paare zu urteilen, die wir kürzlich auf der Upper West Side beobachtet hatten, ein Irrtum.

»Nichts von alledem«, verriet er mir. Er schaute vom Verstärker auf und überprüfte die Stecker am Richtmikrophon. Eine lange schwarz-silberne Röhre, die aus zwei Meilen Entfernung einen Mäusefurz hätte aufnehmen können – Gary knausert nicht bei seinen Hobbys. Er ist mit seinem Zeug genauso verrückt wie ich mit Computern – und ich bin ein totaler Freak, wenn es darum geht, in sämtlichen Computerläden der Stadt rumzuhängen, das können Sie mir glauben. Ich kenne die Hälfte der Geschäftsführer in der Stadt beim Vornamen und gebe mein halbes Jahresgehalt für bessere Software und neue Hardware aus.

Der Schotter knirschte unter unseren Füßen, als er den Monitor, ebenfalls ein sehr teures Modell, auf den Klapptisch stellte. Er schleppte eine weitere Kamera mit allen Schikanen herbei, eine kleine mit einem sehr langen Objektiv. »Wie weit reicht die?«

»Ungefähr drei Meilen, wenn du sehen willst, was passiert; sechs Meilen, wenn du's nicht so genau nimmst.«

»Ausgeschlossen«, sagte ich. »Wenn du nicht zehntausend Dollar anlegst, kannst du nie im Leben so genau sein.«

»Nun ja, sagen wir, ich hatte Anlaß, mein normales Budget für Experimente diesmal etwas aufzustocken.«

»Aber wer – ?«

Er entfernte den Verschluß von der Kameralinse und

stellte das Stativ ein, indem er die Kamera und die Befesti-
gungsplatte leicht nach unten richtete. Er spielte am Sucher
herum und rief mich zu sich.

Die Wohnung wirkte klein und düster; graue Wände,
schmutzige Fenster und dünne, braune Auslegeware. Von
den Möbeln konnte ich nicht viel sehen. Der größte Teil
war an die Wand geschoben worden, was eine große Fläche
im Wohnzimmer freiließ. Ich wollte gerade fragen, was
Gary vorhatte, aber ich hörte, wie er seine Geräte einschaltete, als unsere Opfer aus einem Zimmer im Hintergrund
der Wohnung kamen.

Zwei Mädchen – eine langbeinige Blondine in einem
äußerst engen, blauen T-Shirt und abgeschnittenen Jeans
und eine große Brünette in einem weißen Trainingsanzug.
Ihnen folgten zwei Kerle; ich erhaschte einen Blick auf ein
Handgelenk. Eine Rolex. Also doch Yuppies – nicht gerade
überwältigend in punkto Spannung, aber zumindest waren
sie zu viert. Keiner von ihnen trug Schuhe oder Socken –
vielleicht *mochten* sie ja sogar Sex.

Die Blondine stellte einen Klapptisch auf den Teppich
und entfernte etwas, das wie ein großes, getupftes Tischtuch
aussah.

»Nett, nicht?« fragte er mich von hinten. Ich wechselte die
Position – um durch den Sucher der Kamera zu schauen,
mußte ich mich etwas herunterbeugen –, ging in die Knie,
machte einen kleinen Hüpfer. Gary verstand sofort: Er streichelte meinen Rücken, kratzte auf der Haut entlang meiner
Wirbelsäule und knetete behutsam die Knoten in meinen
Muskeln. Gary kann Unglaubliches tun, wenn er einem den
Rücken massiert. Leider machte er nie irgend etwas, was mir
gefiel, ehe die Show nicht begonnen hatte. Diesmal machte
er Schluß, indem er mich in den Hintern zwickte und weg-
ging, um ein Videoband einzulegen. Jammerschade.

»Wer sind sie?«

Die Blonde ist Jeannie, die Größere ist Rachel – auf der Arbeit auch bekannt als „die Prinzessin".« Ich warf ihm einen Blick zu. »Nein, keine Ahnung warum. Und ich weiß auch nicht, wer die Kerle sind, aber sie haben die Hälfte der weiblichen Belegschaft bei mir im Betrieb gefickt, so wird jedenfalls gemunkelt. Ich dachte mir, es könnte interessant sein, ein Band von ihnen zu bekommen – ich hatte Glück, daß Jeannie so nahe wohnt.«

Ich bekam selbst einen Ständer, kein Problem. Gott, ich wünschte, sie würden etwas anderes tun, als reden – Yuppies reden immer vorm Ficken, ich weiß nicht wozu. Ich kriege acht Mäuse in der Stunde dafür, daß ich Software in der Innenstadt verkaufe. Ich habe keine Zeit zum Reden, normalerweise. »Was haben sie vor?«

Gary kicherte und lehnte sich in seinem Stuhl zurück. »Striptwist«, sagte er. »Ich habe gehört, wie Rachel dieser Tage im Büro davon erzählte. Die Regeln sind einfach – wenn man das Gleichgewicht verliert, fallen die Hüllen.«

»Wie originell«, sagte ich. »Du informierst dich wirklich gut, Gary.« Lächelnd streckte ich die Hand nach ihm aus und massierte die Beule zwischen seinen Beinen.

Er legte seine Hand über die meine, drückte zu und preßte meine Handfläche auf seinen Ständer. »Sieh dir die Show an«, sagte er. »Wir müssen aufpassen, daß wir nicht zu sehr angeturnt werden, sonst haben wir keine Energie mehr für uns selbst.«

»Allerdings.« Ich fand seinen Reißverschluß, zog ihn herunter und griff ihm in die Hose. Sein Schwanz fühlte sich toll an – warm und feucht – und er zuckte leicht, als ich ihn mit meiner Hand umschloß. Er stöhnte, hob seine Hüften an und schloß die Augen. Gary schließt immer die Augen, keine Ahnung warum. Er sagt, es würde ihm helfen, sich zu konzentrieren. Wir blieben fast eine Minute lang so: ich spielte an ihm herum, und er genoß die Aufmerksamkeit, die ihm zuteil wurde; dann schien er wieder zu sich zu kommen.

»Schau dir den Film an.«

Ich starrte auf den Bildschirm: Die Brünette hatte gerade ihre Trainingshose auf einen wachsenden Berg von Kleidungsstücken in der rechten Hälfte des Wohnzimmers fallen lassen. Die Shorts von einem der Kerle folgten, als ein Gewirr von Körperteilen wankte und stürzte. Ich konnte von hier aus in ihren Gesichtern lesen. Die Blondine krabbelte zu dem am Boden liegenden Yuppie hinüber, riß ihm das Hemd vom Leib, wie eine Katze, die einen Kissenbezug zerfetzt, und beugte sich über ihn, um das helle Gekräusel auf seiner Brust zu küssen. Er zog sie zu sich herunter, wühlte mit den Händen in ihren Haaren und ging ihren Rücken hinab bis zu ihrem Hintern, den er knetete wie ein Bildhauer, der mit zu hartem Lehm spielt.

Ich ertrug es nicht länger. Mein Schwanz war schmerzhaft angeschwollen, und Gary hatte, seitdem ich ihn losgelassen hatte, nichts an Steifheit eingebüßt. »Der Film ist aus, Gar.«

Ich rollte aus meinem Stuhl und griff Gary mit beiden Händen zwischen die Beine. Er lehnte sich zurück, wobei der Metallrahmen seines Stuhls ächzte. Ich öffnete ihm die Hose und zog den Bund seiner Shorts nach unten, während er sich hochstemmte und sich mit den Händen am Stuhl abstützte, damit ich ihm die Hose bis zu den Knien ziehen konnte. Gary hat einen tollen Körper: schmale, muskulöse Schenkel und Waden, darüber eine schmale Hüfte und eine breite Brust. Ich küßte seine heiße Haut und lauschte auf vielsagende Signale, die besagten, daß er mehr wollte: Er knurrt immer, wenn ich meine Sache gut mache.

Ich rollte sein T-Shirt hinauf bis zu seinen Brustwarzen, die ich abwechselnd zärtlich abschleckte. Sie versteiften sich alleine vom Hinsehen. Ich knabberte liebevoll an ihnen und arbeitete mich wieder abwärts zu seinem unglaublich appetitlichen Anhängsel.

Ich leckte seine Schwanzspitze und genoß den salzig-schweißigen Geschmack, den er in dieser Hitze ausströmte. Ich fuhr mit der Zunge über die pilzförmige Eichel und biß ihn sanft mit den Lippen. Gary führte die Hände zu meinem Gesicht, streichelte meine Wangen, packte schließlich mein Haar und ermutigte mich, seinen Pfahl tiefer in mich aufzunehmen.

Ich fing langsam an, leckte den Lusttropfen an seinem Schwanz, während ich mit einer Hand mit seinen Eiern spielte und ihn mit der anderen in die Hüfte zwickte. Sein Geschmack erfüllte meinen Mund, und ich inhalierte ihn förmlich, als ich wie wild seinen fetten Prügel blies, als wäre es ein riesiger Strohhalm. Auf und nieder ging mein Kopf, immer schneller, bis er endlich die Hüften hoch in die Luft reckte und mir eine Ladung milchiger Flüssigkeit in die durstige Kehle spritzte.

Gary legte sich in seinem Campingstuhl zurück und sog die feuchte Stadtluft in tiefen Zügen ein. Ich half ihm mit seiner Hose und seinem Hemd, und er streckte sich aus wie ein riesiger Kater: warm, glücklich und schläfrig, wie nach einer sättigenden Mahlzeit. Er nickte mir mit dem Kopf zu. »Kommst du jetzt her, oder nicht?«

Ich lächelte und entledigte mich meiner Kleider, ohne auch nur darüber nachzudenken. Neugierig schaute ich auf den Bildschirm: Der kleinere Yuppie pumpte von hinten in die Möse der Blondine; alles, was ich von dem anderen Paar sehen konnte, war der Kopf der Brünetten. Ihr Mund war weit geöffnet, und ihr Kopf wurde vor- und zurückgeschleudert, während auf der linken Seite kurz ihr Partner zu sehen war, der sie bis zum Wahnsinn fickte.

Ich wandte mich zurück zu meinem eigenen Spielkameraden und lächelte, als ich auf seinen schweißnassen Körper kroch. Gary fühlte sich glitschig und warm an, wir küßten uns fest, und Gary sog meine Zunge in seinen Mund. Mit starken Händen packte er mich an den Hüften, und ich ging in die Knie und setzte mich rittlings auf seinen Schoß. Er beugte sich nach vorn und küßte gierig meine bereits harten Brustwarzen, als wollte er sie abbeißen. Ich vergrub meine Hände in seinem Rücken und knetete das feste Fleisch auf seinen Schultern. Mein Schwanz war dick und hart genug, um von alleine abzuspritzen.

Er streckte sich eine Weile aus, offensichtlich genoß er meine Rückenmassage. Schließlich griff er nach oben, um meine Hände von seinen Schultern zu lösen, und befahl mir, aufzustehen und näher zu kommen. Ich tat mein Bestes – es war ziemlich schwer, auf dem Möbel das Gleichgewicht zu halten, und ich mußte förmlich auf den Armlehnen knien und meine Hände auf Garys Schultern legen, um mich abzustützen. Es war unmöglich, völlig loszulassen.

Plötzlich fühlte ich, wie sich etwas Warmes, Weiches und Feuchtes zwischen meinen Beinen bewegte. Es schien, als seien mein Schwanz und meine Hoden in einem dampfenden Bottich Honig vermischt worden. Ich mußte mich ernsthaft darauf konzentrieren, mich an Gary festzuhalten. Dann drang die wundervolle Zunge meines Voyeurfreundes in meine Arschspalte, bewegte sich mit qualvoller Langsamkeit über die Falte und säuberte mein Fickloch, bevor sie schmerzlos Zugang suchte. Meine bebenden Beine drohten einzuknicken.

Beim Gefühl dieser Berührung, das meinen gesamten Leib durchströmte, schrie ich beinahe auf vor Lust. Kurz darauf ließ Gary meinen Körper ein Stück tiefer kommen und entlastete meine Beine ein wenig; dann nahm sein heißer, hungriger Mund mich mit einem einzigen, gewaltigen Schluck auf. Er gebrauchte seine Zähne meisterhaft, packte meine Vorhaut und zwirbelte sie trotz meines Ständers, dann fing er an zu saugen, fest genug, um meinen gesamten Unterleib mitzuverschlucken. Ich kam, fast ohne es zu bemerken, und spritzte ihm nahezu mit dem Druck eines Gartenschlauchs meinen Saft in die Kehle.

Ich brach über Garys Brust zusammen, während er meinen Arsch und die Rückseite meiner Schenkel liebkoste. Die Luft selbst schien auf meiner Haut zu kleben, als ich langsam auf seinen Schoß kroch. Die Yuppies waren inzwischen ebenfalls fertig geworden und lagen Seite an Seite, ohne sich zu berühren, als wollten sie sagen: »Ich hab' meinen Spaß gehabt, jetzt zieh' Leine.«

Wie ich schon sagte, niemand scheint es so zu genießen wie Gary und ich.

SAUGER

Clarence Berkson

Ich sitze in der neuen Kneipe, Sie wissen schon, die an der Route 209, gleich hinter der Texaco Station. Mein erster Tag als Scheiß-Staubsaugervertreter. In meiner Tasche steckt eine Liste von Onkel Artie mit all den Ladies, die ich anrufen soll, seine »speziellen Kundinnen«, wie er sie nennt. Verdammt, die meisten der alten Schachteln würden nicht mal 'n Zehner rüberschieben, selbst wenn ihr Leben davon abhinge. Ich bin bei der dritten Tasse Kaffee und erwäge, die ganze Sache hinzuschmeißen und den Tag heute am Strand zu verbringen.

Die Kellnerin kommt mit der Rechnung vorbei, und während ich so dasitze und in meiner Tasche nach Kleingeld krame, habe ich das Gefühl, genau hinter mir stünde jemand. In Fleisch und Blut, meine ich.

Ich drehe mich also halb um, gerade so weit, daß ich noch sitze, und richtig, genau hinter mir steht ein Kerl, voll

122

im Smoking, als käme er direkt von einer Hochzeit. Er ist groß, braungebrannt und breitschultrig, mit kurzen, dunkelbraunen Locken und exakt geschnittenem Schnäuzer. Bevor ich irgend etwas tun kann, grinst er mich mit blitzenden grünen Augen an, und mit den Worten »Gestatten Sie?« nimmt er mir die Rechnung aus der Hand.

Ich gestatte. Er setzt sich zu mir, stark, glattrasiert und leicht nach After-Shave duftend. Er streckt eine Hand aus und sagt: »Phillip.«

Ich sage: »Alex«, und wir schütteln uns, fast verlegen, die Hände. Seine Hand ist groß, weich und warm. Er hält die meine etwas zu fest und schaut mir direkt in die Augen. Mir schwindelt. »Danke, Phil. Machen Sie das öfter?«

»Hm, Phillip. Nein, nicht oft.«

Mir kommt eine Idee. »Phil, brauchen Sie einen neuen Staubsauger?« platze ich heraus. »Wieso, nein. Aber ich wollte …« – »Schauen Sie, Phil, ich will Sie nicht überfahren. Aber da das heute mein erster Tag in dem Job ist, mache ich Ihnen ein Sonderangebot, von dem ich glaube, daß Sie es nicht werden ablehnen können.« Phil lehnt sich mit weitgeöffneten Augen zurück. »Tatsächlich?« sagt er. Ich ziehe meinen Musterkatalog hervor und blättere bis zum Pixie 3000. »Das da ist unser Spitzenmodell, Phil. Naß und trocken, starker Motor mit hoher Drehzahl, uneingeschränkte Fünf-Jahres-Garantie, alles inklusive. Kostet normalerweise 349 Dollar. Ich überlasse Ihnen heute einen, bei sofortiger Lieferung, für 250 Dollar. Sie glauben nicht, was das Baby alles kann. Wird mit einem vollen Satz Zubehör geliefert – Kantenstück, kleine Bürste, Verlängerungsschlauch, was Sie wollen.«

Phils Augen beginnen zu leuchten. Er ist wie Wachs in meinen Händen. Es geht einfach zu glatt. Es ist, als sei ich der geborene Staubsaugervertreter. »Alex, ich bin überwältigt«, sagt er. Er lächelt, als habe ihm gerade jemand ein Bier spendiert. Er überreicht mir einen 50-Dollar-Schein und eine Visitenkarte. »Nehmen Sie das als Anzahlung«, sagt er. »Hier ist meine Karte mit meiner Privatadresse. Kann ich ihn heute Nachmittag bekommen?«

»Klar, Phil, wie sie wollen.«

»Oh, und Alex, noch eins.«

»Ja?«

»Liefern Sie ihn persönlich.«

Der Rest des Morgens verschwimmt vor meinen Augen. Die 50 Dollar brennen ein Loch in meine Hosentasche; Mann, das ist meine Kommission auf einen Pixie 3000. Es ist, als würde man einem Kind Schokolade schenken.

Gegen 14 Uhr fahre ich vor einem Hochhaus mit Pförtner vor. Ich füttere die Parkuhr und lade den Pixie 3000 aus. Als ich ihn zur Tür trage, kommt der Pförtner auf mich zu. Er trägt eine klassische Pförtneruniform und sieht aus, als sei er einer Blaskapelle entsprungen. Selbst in dieser lächerlichen Aufmachung hat er etwas, das mich aufblicken läßt – eine jungenhafte, blonde Unschuld, braune Hundeaugen. Anmutig wie ein Tänzer kommt er auf mich zu. »Entschuldigen Sie, aber der Lieferanteneingang ist auf der Rückseite«, sagt er. Ich lächle und zücke Phils Karte. »Ich werde erwartet«, sage ich. »Ich bitte vielmals um Entschuldigung«, sagt er mit echtem Bedauern. »Lassen Sie mich das nehmen.« Er umklammert die Schachtel mit dem Pixie mit beiden Armen und schafft es dennoch irgendwie, mir die Tür aufzuhalten. Ich folge ihm bis zu einer Reihe von Aufzügen, und wir steigen zusammen ein: ich, der Pförtner und der Pixie 3000. Der Pförtner drückt »P«, und es geht aufwärts. Ich berühre die 50 Dollar, die noch immer in meiner Tasche knistern. Der Aufzug hält an, und der Pförtner steigt aus.

»Wenn es Ihnen recht ist, hier einen Augenblick zur warten, Sir, werde ich jetzt gehen und Mr. Carruthers von Ihrer Ankunft unterrichten«, sagt er steif. »Klar, nur zu«, sage ich. Der Pförtner verschwindet um eine Ecke und ist gleich wieder zurück. »Ich fürchte, Mr. Carruthers ist unabkömmlich«, sagt er. »Aber er hat mir eine sehr persönliche Mitteilung anvertraut.« Er steigt mit mir in den Aufzug. Die Türen schließen sich, und er betätigt den STOP-Schalter.

Ohne eine Miene zu verziehen, geht er vor mir in die Knie und öffnet meine Hose. Mit seiner weißbehandschuhten Hand greift er hinein und packt meinen Schwanz. Er bearbeitet ihn fest mit seinen behandschuhten Fingern, und ich bekomme ganz schnell einen Riesenständer. Ich lehne mich gegen die Wand des Aufzugs. Er wichst meinen pochenden Schwanz mit kaltem, berufsmäßigem Desinteresse. Ich stöhne und knalle gegen die Holztäfelung. Mein Aufbäumen versetzt die Aufzugskabine in leichte Schwingungen, und der Pixie 3000 klappert träge in seiner Kiste.

Er fühlt, daß ich kurz davor bin, abzuspritzen, und zieht sich zurück.

»Bitte kommen Sie jetzt, Sir, wenn es Ihnen beliebt.«

Seine Hand wichst meinen geschwollenen, feuchten Schwanz, der genau auf sein ausdrucksloses Gesicht gerichtet ist. Ich stoße ein tiefes, heiseres Stöhnen aus, und ein Samenstrahl schießt ihm quer über die Nase, ein anderer übers Kinn, und ein dritter verteilt sich grotesk auf seiner Stirn und seiner goldverzierten Filzmütze. Erschöpft sinke ich gegen die Wand. Den Spermastreifen in seinem Gesicht gegenüber gleichgültig, zieht er ein sauberes, weißes Taschentuch hervor und tupft sanft meinen Schwanz trocken. Vorsichtig packt er ihn in die Unterhose zurück und zieht den Reißverschluß hoch. Er dreht sich um und drückt auf den ÖFFNEN-Knopf.

»Sir, Mr. Carruthers ist jetzt bereit, Sie zu empfangen. Es ist auf der linken Seite, treten Sie einfach ein.« Ich greife nach dem Pixie 3000, aber der Pförtner hindert mich mit erhobener Hand daran. »Bitte, Sir, erlauben Sie.« Gesicht und Kappe von meiner Soße überströmt, folgt er mir mit der Kiste, die einen kraftvollen Staubsauger enthält, durch den kurzen Flur. Ich klopfe an die Tür, die sich durch die Wucht meines Klopfens öffnet.

»Bitte, treten Sie ein«, sagt Phil.

»Hi, Phil!« sage ich. »Ich hab' Ihren Pixie 3000 mitgebracht.«

»Phillip. Alex, nennen Sie mich bitte Phillip. Whitman, stellen Sie den Staubsauger hier ab«, sagt Phil zu dem Pförtner, »und gehen Sie sich säubern.«

»Ja, Sir, Mr. Carruthers«, sagt der Pförtner. Er stellt den Staubsauger ab, bleibt mit der Hand in Hüfthöhe stehen und räuspert sich erwartungsvoll. Phil fischt in seiner grünen Satin-Smokingjacke und zieht einen zerknüllten Geldschein heraus. Er drückt ihn dem Pförtner in die Hand.

»Danke, Whitman, ausgezeichnete Arbeit, wie üblich.« Der Pförtner verbeugt sich förmlich, macht auf seinen schwarzen Kunstlederschuhen eine saubere Kehrtwendung und schließt beim Hinausgehen leise die Tür.

»Nehmen Sie Platz, Alex.« Phil führt mich zu einer luxuriösen schwarzen Ledercouch. Ich setze mich und versinke in weichem Leder. »Es freut mich, daß Sie gekommen sind«, sagt Phil. »Den ganzen Nachmittag schon habe ich darüber nachgedacht, wie schmutzig die Teppiche hier aussehen. Das Apartment muß einmal gründlich gesaugt werden.« Ich tue Phil den Gefallen und schaue mich um. Im ganzen Zimmer gibt es kein Stäubchen, und die Teppiche sehen brandneu aus.

»Schöne Wohnung, Phil. Muß Sie 'ne Stange Geld kosten.« Ich habe das Gefühl, von der Couch verschluckt zu werden, und die Lederpolster seufzen behaglich, als ich mich ein wenig nach vorne zu ziehen versuche.

»Ich muß zugeben, Alex, daß es mir zur Zeit glänzend geht. Aber vor noch nicht allzu langer Zeit, war ich selbst Vertreter. Allerdings keine Staubsauger. Sportwagen.«

»Ehrlich, Phil, ich wette Sie waren 'n verdammt guter Vertreter und könnten mir 'n paar heiße Tips geben, Sie wissen schon, 'n paar Insidertricks. Ich habe heute erst angefangen, für meinen Onkel Art zu arbeiten. Ich war mein ganzes Leben 'n Verlierer, Phil. Von mir erwartet niemand, daß ich's zu irgendwas bringe. Art flippt aus, wenn er erfährt, daß ich am ersten Tag was verkauft habe.«

»Schauen Sie, Alex, ich will Ihren Redestrom nicht unterbrechen, aber bisher haben Sie mir noch nichts verkauft, nicht wirklich. Wollen Sie einen Tip? Bei Autos ist der springende Punkt immer die Probefahrt. Lassen Sie den Kunden 'ran an die Ware.«

»Ich bin Ihnen schon meilenweit voraus, Phil.« Ich ziehe einen Beutel aus meiner Manteltasche und halte ihn hoch. »Kaffeesatz«, sage ich. Ich stehe auf und schütte den Kaffeesatz auf den wunderschönen, weißen Teppich. »Oh, ein Mißgeschick«, sage ich. »Hätte jedem passieren können.«

Phil schaut besorgt drein.

»Wissen Sie, was noch schlimmer ist«, sage ich, »das ist dieser tiefsitzende Schmutz.« Absichtlich trete ich auf den Fleck und arbeite ihn tief ein, indem ich mit dem Fuß hin und her reibe. Ich trete zurück und bewundere den runden, braunen Fleck auf dem Teppich. »Sieht aus, als müßte da ein Profi 'ran, nicht wahr, Phil?«

Phil geht in die Knie und betrachtet seinen Teppich. »Mann, Alex, Sie haben Nerven«, sagt er. »Ich hoffe, Sie werden es nicht bereuen.«

»Null Problemo, Phil«, sage ich. »Gleich werden Sie sehen, was der Pixie 3000 alles kann.« Ich gehe hinüber, öffne die Kiste und packe den Staubsauger aus. »Das ist ein Kanistermodell, Phil. Er hat den stärksten Motor, den wir verkaufen.« Beim Auspacken benenne ich das Zubehör. »Verlängerungsschlauch. Bodenbürste. Kraftbesen. Kantenstück. Polsterbürste. Vorhangdüse.«

Phil steht vom Fußboden auf und schaut sich alles an.

»Also für Ihren tiefsitzenden Schmutz empfehlen wir den Kraftbesen«, sage ich und reiche ihn ihm. »Schauen Sie sich mal diese Borsten an, Phil. Sie ziehen den tiefsitzenden Schmutz nur so aus dem Teppich 'raus.«

»Okay, lassen Sie es mich versuchen«, sagt Phil. In Nullkommanichts hat er den Pixie 3000 zusammengebaut, greift nach unten und packt den Stecker.

»Das ist ein 30 Meter langes, sich selbstaufwickelndes Stromkabel, Phil. Na los, zieh'n Sie's raus.« Er tut es. Er steckt den Pixie 3000 am anderen Ende des Zimmers in die Steckdose.

»Okay, Phil, schmeißen Sie ihn an«, sage ich. Er tritt auf den Fußschalter, und der Pixie springt augenblicklich an. Überrascht von der Lautstärke weicht Phil zurück. »Er ist laut«, schreie ich. »Fühlen Sie die Stärke, Phil; fühlen Sie sie.« Phil hält die Kraftbürste mit beiden Händen; er sieht aus, als hielte er eine Schlange am Schwanz. Der Pixie 3000 röhrt und vibriert voller Kraft. Phil senkt das Arbeitsstück des Energiebündels. Als es noch ein paar Zentimeter vom Boden entfernt ist, schnellt es infolge der Saugkraft nach unten. Der Motor des Pixie heult auf, als er sich am Teppich festsaugt.

»Na los, Phil. Saugen Sie die Scheiße auf!« schreie ich. Ich sehe, daß Phil in Stimmung kommt. Seine Augen funkeln, und er schiebt den Kraftbesen auf den Kaffeesatz zu.

Als er ihn darüberführt, schießt Dreck aus dem Teppich das Rohr hinauf, rasselt wild an die Seiten der blitzenden Chromröhre und fällt tief in den weichen Staubbeutel. Phil hängt an der Angel, ist angeturnt. Der Pixie 3000 in seinen Händen macht kurzen Prozeß mit dem Kaffeesatz.

»Ja!« schreit er, »oh ja!« Er saugt wie wild, trunken vor Macht. Gierig schwenkt er den Besen über unbefleckte Stellen des Teppichs und grunzt begeistert, wenn im Rohr Schmutz nach oben rasselt. »Gott, ja!« brüllt er.

Ich gehe rüber zu dem brummenden Kanister und schalte den Pixie aus. »Die Probefahrt ist vorüber«, sage ich. Phil schaut mich stumpfsinnig an. »Geben Sie mir die Schlüssel.«

Er übergibt mir den Kraftbesen. Der Chromgriff ist heiß und feucht von seiner Hand.

»Gott, was für eine Maschine«, sagt Phil atemlos. »Ich habe Staubsaugen immer gehaßt. Jetzt weiß ich, warum. Ich hatte das Gegenstück zu einem Yugo.« Auf seiner Stirn erkenne ich einen dünnen Schweißfilm.

»Also Phil. Ich sehe, Sie stehen auf die Maschine. Für 250 Dollar, das ist halb geschenkt; verdammt, selbst für 350 Dollar wäre es halb geschenkt. Fünfzig habe ich schon bekommen, also müssen Sie mir nur noch 200 Dollar geben, und Sie können saugen, soviel Sie wollen.« Sobald ich es ausgesprochen habe, spüre ich, daß ich einen Fehler gemacht habe. Phil wirkt ruhiger, beherrscht.

»Alex, Alex. Die Maschine hat es mir tatsächlich angetan. Ich denke ernstlich über Ihr Angebot nach. Aber Sie haben gesagt, der Pixie 300 sei ein Naß- und Trockensauger, stimmt's? Bisher haben Sie mir nur den Trockengang vorgeführt. Ich glaube, ich brauche noch eine weitere Probefahrt. Eine nasse.« Phil nötigt mich, Platz zu nehmen. »Ich bin gleich zurück«, sagt er.

Im Nu ist Phil wieder da. Er hat ein seltsames y-förmiges Rohr mitgebracht. Ein Ende besteht aus Hartplastik und ist umwickelt, damit es genau in den Verlängerungsschlauch paßt. Die beiden anderen Enden bestehen aus durchsichtigen, weichen, beweglichen Röhren, deren Durchmesser gerade groß genug ist, um auf eine reife Gurke zu passen.

»Dieses Zubehör habe ich gerne bei meinem alten Staubsauger benutzt. Ich kann es kaum erwarten, es an diesem da auszuprobieren.« Er steckt das Y-Rohr auf den Verlängerungsschlauch und schließt diesen anstelle des Kraftbesens an. Dann kommt er herüber und streckt die Hand aus, um mir beim Aufstehen zu helfen. »Dazu brauche ich Ihre Hilfe, Alex«, sagt er. »Tun Sie einfach nur, was ich tue.«

Phil geht zum Pixie und schaltet ihn wieder ein. Kraftvoll, wie beim ersten Mal, erwacht dieser zum Leben. Behutsam zieht Phil die Schuhe aus. Er öffnet seine Hose und läßt sie zu Boden fallen. Er hakt die Finger in den Bund seiner Unterhose, beugt sich und zieht sie herunter bis auf die Knöchel. Als er sich wieder aufrichtet, sehe ich seinen steifen Schwanz, der zwischen den Aufschlägen seiner teuren Jacke hervordrängt. »Na los, Alex!« schreit er, um das Heulen des Pixie 3000 zu übertönen.

Kurz darauf stehen wir beide nackt und mit steifen Schwänzen da. Der Pixie 3000 steht laut brummend vor uns auf dem Boden, sein Verlängerungsschlauch schlängelt sich über den Teppich und endet in jenem seltsamen Y-Rohr zu unseren Füßen. Phil dreht sich mit glänzenden Augen um und schreit mir aus nur wenigen Zentimetern Entfernung ins Ohr: »Mach', was ich mache!«

Er manövriert mich auf den Teppich, und wir strecken uns nebeneinander aus. Phil ergreift eines der transparenten, beweglichen Enden des Y-Rohres, und ich nehme das andere. Verschmitzt beschreibt er mit der Spitze seines Rohres einen unregelmäßigen Kreis um meine linke Brustwarze. Der kraftvolle Sog des Pixie 3000 verursacht eine prickelnde Gänsehaut. Meine weiche, schwarze Brustbehaarung wird in die Rohröffnung gesaugt. Ich spüre, wie mein Nippel hart wird, und dann noch härter, und das Prickeln sich wie ein Buschfeuer über meine gesamte, nackte Haut ausbreitet.

Dann preßt Phil das Rohr direkt auf meine Brustwarze. Die Haut schießt in die Höhe, versiegelt das Ende des Rohres und schafft ein teilweises Vakuum. Als ich so meinen schmerzend harten Nippel hilflos in diesem tückischen Saugstutzen gefangen sehe, beschließe ich, daß es an der Zeit ist, Phil eine Dosis seiner eigenen Medizin zu verabreichen.

Ich nehme mein Ende des Y-Rohrs und berühre kurz Phils rechte Brustwarze, stecke mir aber ein höheres Ziel. Ich ziehe den Stutzen über Phils harten Waschbrettbauch und ramme ihn fest in seinen Nabel. Jetzt, da beide Enden des Y-Rohrs blockiert sind, heult der Motor des Pixie noch höher auf. Eine Weile sitzen wir da und betrachten uns gegenseitig: Phil mit einem Rohr im Nabel und ich mit einem auf der linken Titte. Mit einem Mal reiße ich Phils Rohr von mir ab und meines von ihm und wirble herum, so daß sein Schwanz nur wenige Zentimeter von meinem Mund entfernt ist.

Augenblicklich bedecke ich Phils Schwanz mit einem Mundvoll Speichel. Ich nehme seinen Schwanz tief in den Mund, lasse meine Spucke am Schaft hinunterrinnen und fühle, wie er mir durch die Finger quillt. Ich quetsche fest die Wurzel von Phils Schwanz und presse ihn gegen seinen weichen, behaarten Sack. Phil nimmt sich meines Schwanzes etwas sanfter an, leckt zärtlich an ihm auf und ab und umfaßt meine Eier und spielt mit ihnen wie mit einem Sack voller Murmeln. Ich blase weiter und taste an Phils Rücken blind nach einem Ende des Y-Rohres. Als ich es finde, fahre ich damit langsam an Phils Arschspalte entlang und ziehe es dann zwischen seinen Beinen hindurch.

Phil ist unterdessen etwas stürmischer mit meinem Schwanz zugange. Er nimmt ihn vollständig in den Mund und gleitet an ihm auf und ab. Das andere Ende des Y-Rohres steckt unter ihm fest. Ich spüre ein leichtes Zittern in Phils Beinen, und kurz darauf zieht er seinen Mund zurück und ruft: »Ich bin bereit.« Ich ziehe mich von seinem Schwanz zurück und rufe: »Ich auch.«

Mit der Hand packe ich mein Ende des Rohres. Behutsam führe ich es über Phils speicheltriefenden, steinharten Schwanz. Ein Teil der Spucke flutscht durch den Schlauch. Das Geräusch erinnert mich an die Speichelsauger, wie Zahnärzte sie verwenden. Schnell schwillt Phils Riemen an, bis er den gesamten Umfang des Rohres ausfüllt. Durch die transparente Röhre sehe ich die nunmehr riesige Eichel, die eine unglaubliche, tief-purpurrote Farbe angenommen hat. Liebevoll, sachte wichse ich mit der Hand an seinem Schwanz auf und ab.

Phil liebkost meinen Ständer und meine Eier mit seinem Rohrende und stülpt es dann voll darüber. Ich spüre, wie mein Schwanz anschwillt und so hart wird, daß es sich anfühlt, als wolle er gleich platzen. Phil fährt damit fort, mit meinen Eiern zu spielen, und ich fühle, wie ich an die Schwelle komme. Der Pixie 3000 saugt gewaltsam Luft an unseren pulsierenden Schwänzen vorbei.

Phil verspannt sich, seine Beine zucken krampfhaft, und dann kommt er. Ich sehe, wie sein Sperma förmlich aus seinem Schwanz quillt und durch die Röhre geschwemmt wird. Wenige Augenblicke später komme ich selbst und verströme flüssiges Feuer in die verdünnte Luft innerhalb der Röhre. Der Pixie 3000 gurgelt behaglich, als unser Sperma sich im weichen Innern des Staubsaugers vermischt. Erschöpft und außer Atem rollen wir beide auf den Rücken. Dann streckt Phil die Hand aus und schaltet die Maschine ab, und eine Weile liegen wir still nebeneinander.

Nachdem ich mich angekleidet habe und Phil wieder in sein Smoking-Jackett geschlüpft ist, setzen wir uns zurück auf die Couch und betrachten den Pixie 3000.

»Also, Phil, möchten Sie ihn haben?« frage ich.

»Alex, ich muß sagen, ich bin recht beeindruckt. Ich weiß nun, daß, wenn ich mir einen Staubsauger kaufen werde, es wahrscheinlich eine Maschine dieses Kalibers sein wird. Ich möchte allerdings nach wie vor nicht, daß Sie sich falsche Vorstellungen über das Verkaufen machen. Gewiß, Sie können das beste Produkt haben, Sie können dem Kunden etwas Tolles zeigen, aber Sie dürfen nie vergessen, daß der Kunde das letzte Wort hat.

»Phil, es will mir nicht in den Kopf, daß Sie mich so auflaufen lassen.

Nach dem, was ich Ihnen gezeigt habe, wissen Sie, daß diese Maschine unschlagbar ist. Sie verdienen das Beste, und hier haben Sie es.«

»Es tut mir leid, Alex. Und bitte fangen Sie nicht wieder mit dem Preis an; es ist nicht das Geld, sondern lediglich ein Gefühl, das ich habe. Wenn ich ihn jetzt kaufe, sehe ich Sie nie wieder. Wenn ich Sie abweise, kommen Sie morgen mit einem noch besseren Angebot zurück. Hab' ich recht?«

»Sie sind solch ein Arschloch, Phil«, sage ich schwach. Ich stehe auf, um zu gehen. In der Tür drehe ich mich um und sage: »Aber morgen spielen Sie den Staubsaugervertreter.«

HÄRTER ALS DIE ANDEREN

Julian Anthony Guerra

Das ist ja ein richtiges Rattenloch.« – »Es ist okay«, sagte Joey fast wehmütig, während er den Schlüssel in die Tasche steckte und die einzige, vergilbte Glühbirne im Zimmer einschaltete.

Ich machte an der Schwelle Halt und entspannte mich. Man konnte in einem solchen Etablissement nicht vorsichtig genug sein, und ich hatte keine Lust, in einen Hinterhalt zu geraten. Das Zimmer war fast leer: ein Bett, ein Stuhl, eine Kommode. Die Farbe blätterte in großen, schmutzigen, eierschalenfarbenen Streifen von den Wänden. Irgendwo draußen auf dem Korridor hustete sich ein alter Mann die Lunge aus dem Leib. In einem Schrank rechts von mir nagte sich eine Ratte durch ein Bodenbrett. Das Ganze war völlig daneben, aber zu meiner Überraschung ließ es mich total kalt. Was ich wollte, war hier drinnen.

Joey stand mit dem Rücken zu mir am Fenster, unsere

beiden letzten Biere auf der abgeblätterten Fensterbank
wurden allmählich warm. Er starrte auf die dunklen Straßen
und wartete auf eine Brise, die den Schweiß auf seinem Gesicht kühlen würde, wartete darauf, daß ich mich auszog und
unser kleines Geschäft abwickelte. Ich hängte meine Motor-
radjacke über einen abgewetzten Sessel. Die alte Lederjacke
knirschte auf seinem löchrigen, fleckigen Stoff, ein Signal
für Joey, das gleiche mit seiner eigenen, dünneren Jacke zu
tun. Ich beobachtete, wie er unschuldig seine Schultern aus
dem speckigen Leder schälte, wie sich die dünnen Muskeln
seiner bleichen Oberarme spannten, als er die Jacke her-
unternahm und sie achtlos zur Seite warf. Mit verschränkten
Armen und gebeugtem Kopf lehnte er im Fensterrahmen,
zupfte an seinem Muscle-Shirt, wo es ihm am Rücken klebte,
und richtete seine Jeans im Schritt, um es sich bequem zu
machen.

Natürlich hatte ich nicht die Absicht, mich auszuziehen.
Ich hatte ganz andere Dinge mit diesem kleinen, jungen
Schläger vor, der sich in der *Bodega* am Pier, wo ich ihn
getroffen hatte, so willig gezeigt hatte. Er hatte ein Sechser-
pack gekauft, hatte bei dem alten Mann hinter der Kasse
mit einem Fünfer bezahlt und dann darauf beharrt, er habe
dem armen Puertoricaner einen Zehner gegeben. Fluchend,
schreiend, grimassierend und auf die Auslagen einschla-
gend hatte der Kleine es geschafft, sein Wechselgeld zu bekommen und sowohl von mir als auch von dem armen La-
denbesitzer ein Grinsen zu ernten. Er war hart; er hatte
Charme … Mumm. Ich bin natürlich noch härter, und im
Laufe der letzten Wochen hatte ich einen ganz schönen Appetit auf Kerle mit Mumm entwickelt.

Im Augenblick allerdings, wollte ich ihn nur anschauen.
Die Art genießen, wie er dastand. Der Kerl hatte was …

Noch immer hatte er mir den Rücken zugekehrt. Der

dünne Saum seines Muscle-Shirts hob sich bei jedem Atemzug und enthüllte einen süßen, weißen Halbmond von Haut über einem der knackigsten, runden Ärsche, die ich je gesehen hatte. Ich schwöre, ich konnte hören, wie er die schwere, feuchte Nachtluft durch seine vollen, leicht geöffneten Lippen sog. Die Schwung seiner Hüften, die Neigung seines Kopfes, das Geräusch seiner Atemzüge über dem gelegentlichen Quietschen von Reifen auf Asphalt draußen – das alles beschleunigte meinen Herzschlag, bewirkte, daß ich ihn anfassen wollte, bevor wir loslegten. Ihn zärtlich umarmen, bevor ich mich mit all der Lust, die in meinen Jeans zwischen meinen Beinen brannte, über ihn hermachte. Wie er so dastand, jung und heiß, wie ein Prinz, der über sein Reich, dieses Höllenloch, hinwegblickt, wußte ich, daß ich ihn haben mußte. Ich wußte, daß er bekommen würde, was ihm zustand.

Im nächtlichen Dunkel einer Stadt einen Stricher aufzureißen, hatte seine Regeln. Die sehr wenigen Male, bei denen ich mich auf ein solches Spiel eingelassen hatte, hatten mich gelehrt, seine festgelegten, fast rituellen Formen zu schätzen. Bargeld wechselte den Besitzer. Kleidung wurde schnell und schweigend abgestreift. Rollen wurden aus dem Stegreif heraus gewählt. Gesäße wurden gefickt, und Schwänze wurde mit gezielten, anonymen Bewegungen gewichst. Zuneigung hatte keinen Raum bei solchen Geschäften. Wenn überhaupt, dann würde ein Kuß, ein Streicheln, das Schnurren von Liebesworten einen Aufpreis kosten. Und selbst dann war es das verzweifelte Raunen einsamer und liebeshungriger Freier oder die vorprogrammierte Reaktion von Straßenjungs, die aus Erfahrung wußten, welche Knöpfe sie zu drücken hatten.

Dies war der Grund, warum ich ein so seltsames Gefühl hatte, als ich durch das Zimmer auf Joey zuging, mir gegen den Kloß in der Kehle die Lippen leckte und jenes elektrische Prickeln in den Handflächen verspürte, bevor ich ihn im Nacken berührte. Jene feingezeichnete Stelle, wo die Lederkordel, die er trug, verknotet war, genau unter dem weichen schwarzen Flaum in seinem Nacken.

Meine Finger glitten nach unten, über die rauhe Kordel und nach rechts über sein Schlüsselbein. In den Fingerspitzen konnte ich sein Herz schlagen fühlen, und seine Muskeln spannten sich an, als ich an den Schnüren seiner Weste zog. Einen kurzen Augenblick lang atmeten wir im Einklang, Joey und ich.

Wie er so dastand, eine halbe Armlänge von mir entfernt, konnte ich ihn riechen. Seine Haut war schlüpfrig von alles durchdringendem Schweiß. Ich konnte jetzt die größer werdenden Flecke unter seinen scharf riechenden Achseln, dort wo sich der hellblaue Baumwollstoff weit öffnete, bewundern. Sein Haar roch nach abendlichem Rauch und Staub, aber es war nicht wirklich fettig oder schmutzig. War da nicht ein schwacher, an die Kindheit erinnernder Duft nach Johnson's Baby Shampoo, den ich darunter wahrnahm?

Joey stand noch einen weiteren kurzen Augenblick reglos und verkrampft vor mir. Ich ließ es mir nicht nehmen, mir Zeit zu lassen. Meine Finger stießen gänzlich unter die Schnüre seiner Weste vor, und meine Handfläche glitt über die Rundung seiner Schulter. So angespannt, aufgepumpt und bereit, loszuschlagen, daß ich das Beben in seinem schmalen, harten Bizeps fühlen konnte. Meine eigene Zärtlichkeit verwunderte mich. Dieses Paket, auf das ich da gestoßen war, machte mich an. Ich konnte mich nicht erinnern, je von einem Typ derart angeturnt gewesen zu sein.

Ich hob die andere Hand, und es gab ein kaum hörbares Rascheln, als ich die Jeans über meinem aufgeblähten Schwanz loslies. Ich wollte sein Kinn streicheln, es etwas nach oben ziehen, damit er vielleicht etwas weniger traurig, etwas würdevoller wirken würde.

Als meine Handfläche sein heißes Gesicht streifte, drehte er sich um und ging auf mich los wie eine entkorkte Flasche purer Wut. In einer einzigen katzenhaften Bewegung stieß er meine rechte Hand von dort weg, wo sie seine Schulter festgehalten hatte und packte meinen ausgestreckten Arm am Handgelenk, wobei er, obwohl er sie von sich wegstieß, den Griff verstärkte. »Was zum Teufel tust du da? Niemand faßt mich so an! Niemand faßt mir ins Gesicht, verstanden?«

Seine großen schwarzen Augen blitzten mich durch Locken schwarzen Haares hindurch an. Im düsteren Licht sah ich eine Spur von Schweiß an seiner Schläfe und wollte lächeln. Er gab mir eine Kostprobe der Kraft und des Feuers, die er in der *Bodega* gezeigt hatte, und das gefiel mir.

Mein Handgelenk schmerzte unter seinem Griff, und ich bedachte ihn mit einem leichten Runzeln der Augenbraue. Dann drehte ich den Arm, um seine Umklammerung aufzubrechen, packte zum Ausgleich seinen Unterarm und grub meine Nägel tief in sein Fleisch.

»Laß los, du Schwein!« schrie Joey.

»Wie hast du mich genannt?« sagte ich.

»Laß mich los, oder ich tret' dir in deine Scheiß-Eier!«

Mit meinem Körpergewicht zog ich ihn schnell am Arm und hielt mit der freien Hand seinen Nacken fest. »Du hast ein ziemlich freches Maul, Joey. Man müßte dir's mal stopfen. Müßte dir 'ne Lehre erteilen.«

Ich spürte, wie sich in meiner Brust ein Tier losriß, aber äußerlich war ich ruhig und gelassen. Unter stahlharten Augen zeigte ich die winzige Spur eines Grinsens, und was ich zu sagen hatte, sagte ich in tiefem, gedämpftem Ton.

Joeys Kiefer schlossen sich, und wieder blitzten seine

Augen. Er schlüpfte mit den Händen zwischen meine Arme
und drängte sich mir entgegen, nur eine Sekunde lang überrascht, wie hart und unnachgiebig mein Körper unter der
weichen Seide meines Hemds war. Er heulte auf, und sein
Kopf schlug gegen das untere Ende der Außenjalousie, die
schief im offenen Fenster hing. Sie rasselte zu unserer bei-
der Verblüffung herunter und beschirmte unser Gerangel
vor neugierigen Augen.

»Laß mich los, verdammt!«

»Willst du das wirklich?«

»Scher dich weg!«

»Dann sag': „Bitte, Meister, ich mag das nicht. Laß mich
los"«, sagte ich ruhig. »Dann laß ich dich gehen.«

Joey schaute mich mit weitgeöffneten, verständnislosen
Augen an, als suche er hinter dem, was ich gesagt hatte,
einen Sinn. Er war völlig von den Socken, und ich meinte,
was ich sagte, wenngleich ich in diesem Moment, da sich
ein feuchter Fleck in meiner Unterhose ausbreitete und
durch meine Hose zu sickern drohte, nicht alles so eindeutig
hätte behaupten können.

Mit beachtlicher Kraft kämpfte er gegen den Griff meiner
Arme an. Wir zitterten beide, Joey vor Anstrengung, ich vor
Erregung.

»Bitte, Meister…« – ich konnte die leiseste Nuance in
seiner Bitte ausmachen. Er hielt inne, bevor er den Satz be-
endete, und ließ die Worte wirken. Dann hoben sich seine
buschigen Augenbrauen ein wenig und zuckten ein einziges
Mal. Ein verschlagener, gemeiner und wilderotischer Blick.
»Bitte, Meister … *hau ab und fick dich selbst!*«

»Du glaubst, du bist mächtig hart, was?« Ich nahm ihn in
einen schmerzhaften Ringergriff und schob ihn durch das
Zimmer. Seine Weste verrutschte, und ich erhaschte einen
Blick auf den Schatten um seinen Bauchnabel und die

dünne Linie schwarzer Schamhaare, die unter dem weiten Rand seiner zerschlissenen Jeans verschwand. Er wand sich und fluchte ordinär, aber ohne Erfolg. Im Nu erreichte ich den Lichtschalter und tauchte das Zimmer in Dunkelheit, die nur vom Straßenlicht unterbrochen wurde, das durch die Schlitze der heruntergefallenen Jalousie fiel.

»Du bist gar nicht so hart«, flüsterte ich, während Adrenalin durch meine Adern schoß. »Ich bin ein ganzes Stück härter als du, und ich werd's dir beweisen.«

Unsere Beine waren völlig ineinander verschlungen, und Joey schaffte es, mir wieder den Rücken zuzudrehen. Ich wollte das ändern. Ich riß ihm beide Arme über den Kopf, und trotz seiner Gegenwehr gelang es mir, seine beiden knochigen Handgelenke mit einer Hand zu packen. Unsere Blicke waren ineinander verschweißt, obgleich ich seine blitzenden Augen in der völligen Finsternis kaum sehen konnte.

Seine Klamotten troffen vor Schweiß. Die Seide meines Hemds klebte mir am Leib. Mein Schwanz und meine Eier waren an einen seiner festen Schenkel gepreßt. Ich brauchte all meine Kraft, um ihn so festzuhalten, und er hing strampelnd an meinem Arm, wie ein Tier, das zum Schlachten aufgehängt wurde. Als ich ihn nahe zu mir heranzog, Nase an Nase, bog er voll feindseligen Trotzes sein Gesicht zur Seite.

»Ich sehe, du willst es auf die harte Tour, stimmt's Joey?« knurrte ich. »Es ist lange her, daß jemand versucht hat, mir Schwierigkeiten zu machen. Es wäre besser, du entspannst dich einfach und nimmst's, wie's kommt. Komm schon, Joey, sei brav und entspann' dich.«

Langsam wandte Joey sich wieder zu mir um, ein schattenhafter Umriß, der sich gegen das Licht abzeichnete, das vom Fenster auf der gegenüberliegenden Seite des Zimmers hereinfiel. »Du kriegst nicht einen Scheiß-Millimeter von mir, *Meister Steve*. Mein Arsch gehört keinem und am allerwenigsten so einem Kraftmeier aus der Oberstadt. Ich glaube, du kämst nicht rein, selbst wenn du's versuchen würdest. Na los, Mister Geldsack Ledermann. Mister '92er Porsche. Schieb deine beste Nummer!«

Seine Zunge wand sich feucht in seinem Mund. Ich konnte seinen heißen Atem in meinem Gesicht spüren. Er grinste mich durch die Dunkelheit hindurch an, forderte mich heraus, verhöhnte mich. Machte mich wütend. Ich war bereit, bereit wie nie zuvor. Insgeheim verfluchte ich mich dafür, daß ich die Tasche mit den Spielzeugen im Wagen vergessen hatte. Ich würde mit dem auskommen müssen, was im Zimmer vorhanden war. Aber zuerst mußte ich noch ein paar Informationen aus diesem schwitzenden kleinen Stück Fleisch herausholen.

Ich spreizte die Beine, riß ihm die Arme im Rücken nach oben und kickte ihn aus dem Gleichgewicht, was ein unterdrücktes Stöhnen voller Schmerz und Frustration aus seiner Kehle zwang. Jetzt hatte ich ihn zum erstenmal richtig im Griff. Ich verstärkte meine Kraft und stieß ihn näher zum Fußboden hin und auf das alte Bett mit dem Holzrahmen zu. Das Geräusch, das er von sich gab, berührte mich eigenartig. Es war beinahe herzzerreißend, einen so lebendigen, anziehenden und bösartigen Mann in einen solch hilflosen Zustand zu versetzen. Ich genoß es in vollen Zügen.

Inzwischen keuchten wir beide. Ich hatte ihn auf die Knie gezwungen und hielt ihm die Handgelenke im Rücken fest. Gleich einem verurteilten Delinquenten war sein Kopf nach unten gesunken, und das Haar hing ihm ins Gesicht. Mit schnalzenden Lippen sog er Speichel gegen den Schmerz ein, als ich ihm mein Knie in den Rücken bohrte und erneut an seinen Armen zog. Ein glitzernder Faden Spucke rann an seinem Kinn herab auf das brüchige Linoleum zu meinen Füßen. Ob er endlich müde wurde?

Ich schnappte mir eines der großen, uralten Kopfkissen vom Bett, schüttelte es mit einem Ruck aus seinem schmuddeligen Überzug und rollte diesen auf der rauhen Bettkante zu einem dünnen Streifen zusammen. Mit einem Tritt in die Beuge oberhalb seiner Waden schlang ich den Streifen unsanft um seine Handgelenke und machte einen doppelten Knoten. Er schwieg währenddessen, und atmete mit jedem meiner Atemzüge zweimal keuchend ein.

Als ich ihn auf die Matratze zu zerren versuchte, warf Joey seinen Körper wild hin und her. Er wäre mir entwischt, hätte ich ihn nicht am Hosenboden gepackt und gewaltsam zu mir zurückgezogen.

Ich umschlang ihn mit Armen und Beinen, vergrub meine Finger in seine Haare genau über seinem Nacken und zog an. Hart. Joey stöhnte auf. Sein dickes, drahtiges, glänzend blau-schwarzes Haar glich dem Pelz im Genick eines schwarzen Wolfes. Ich hatte ihn.

»Ah! Scheiße!« brüllte er.

»Wie heißt dein Stichwort, Baby?« flüsterte ich.

»Stopp!«

»Dein Wort?«

»Ah! Mann! Wovon redest du überhaupt?«

»Wenn es zu schlimm wird, wirst du wirklich wollen, daß ich aufhöre, Baby. Entweder du bist ein Mann und sagst mir, daß du dich unterwirfst, oder du sagst dein Stichwort, weil es zu weh tut und ich wirklich aufhören soll. Also, wie heißt es?«

»Fick dich!«

»Damit wird's nich klappen, Joey. Such' dir ein anderes.« Ich zog fest an seinen kurzen Haaren.

»Auh!«

»Ich habe nicht die ganze Nacht Zeit, Joey.«

»Wer hat je was von einem Stichwort gehört? Das ist Hühnerkacke.«

»Wir leben in harten Zeiten, mein Freund. Und du hast es noch nie mit *mir* zu tun gehabt.« Erneut rammte ich ihm mein Knie in den Rücken und zerrte an seinen Armen. Der Schmerz raste ihm von dem Armen hinab bis zum Ende der Wirbelsäule.

»Also, wie soll's heißen, Baby?«

»Ahh! Kokosnuß!«

»Wie?«

»Kokosnuß!«

»Ist das dein Stichwort?«

»Ja!«

»Okay. Interessant. Das wird's tun. Jetzt halt still.«

In der bedrückenden Finsternis zog ich Joey an seinem Oberkörper hoch und schleppte ihn aufs Bett. Er war feucht, hart und schlüpfrig in meinen Händen. Sekunden später flogen seine Turnschuhe und Socken an die Wand gegenüber, und mit einem Tritt spreizte ich seine Beine auseinander. Ich packte beide Beine an den Gelenken und verdrehte sie. Er stöhnte auf und war, um dem Schmerz zu entgehen, gezwungen, sich auf den Bauch zu drehen. Dabei zog ich die Decke unter ihm hervor und knüllte das Bettuch zusammen. Es wäre ein Leichtes gewesen, ihm die Beine an die Pfosten am unteren Ende des Betts zu fesseln, aber zuvor mußte es mir gelingen, seine Handgelenke am Kopfende festzubinden ...

»Was soll's«, dachte ich, knöpfte mein Hundert-Dollar-Seidenhemd auf und verdrehte es zu einem improvisierten Seil. Im Nu waren Joeys Arme an einen Vorsprung an der oberen Bettlade gebunden. Angenehm konnte es nicht sein – aber das war das letzte, was mich scherte.

»Alles okay, Baby?«

»Fick dich!«

»Ich wollte, ich hätte eine Elfenbeinstange.«

»Blas mir einen!«

»Gemach, Baby«, lächelte ich.« Weißt du, du bist richtig scharf, wenn du so sauer bist. Ich wette, du bist immer scharf. Von Dämonen besessen, die außer dir keiner versteht. Aber keine Bange, Joey. Du hast hier einen richtig guten Exorzisten vor dir. Ich kümmere mich um dich.«

Er wand sich in seinen Behelfsfesseln, drehte den Kopf und schaute mich an. »Exorzier' mir den Arsch, *Pater Steve!*«

»Wäre sicher kein schlechter Ansatzpunkt, mein Kleiner.«

Gefangen wie eine Fliege in einem zerzausten Netz wand Joey sich wundervoll. Sein Hintern zappelte und ruckte, stieß nach oben und dann wieder zurück auf die alte Matratze. Er zuckte, als ich ihn tätschelte, zwickte und mit den Fingern knetete. Seinen Arsch durch die engen, abgewetzten Jeans hindurch zu spüren, bewirkte, daß mein Schwanz sich gegen die Knöpfe meiner Hose drängte. Ich spürte, wie seine dicke, pilzförmige Eichel sich verzweifelt gegen den Hosenbund und meinen Nabel preßte. Ich wurde feucht.

Mit den Händen auf seinem Arsch drückte ich Joey tiefer ins Bett und gestattete meinen Fingern, sich in die Spalte zu graben, wo sein Arsch in den rechten Oberschenkel überging. Ein letztes Mal kniff ich Joey in den Hintern – und dann versohlte ich ihn.

Der erste Hieb wurde von Joey mit einem unterdrückten Grummeln quittiert. Es klang nicht unangenehm. Der zweite Hieb kam fester, unmittelbar auf den ersten.

»Au! He, laß das! Hör auf, du Arschloch!«

»Du warst ziemlich ungezogen heute, Joey«, sagte ich mit

tiefer, strenger Stimme. »Jetzt bekommst du, was du verdienst. Du kriegst deine Tracht.«

Ich nahm die Arbeit wieder auf und fuhr fort, Joeys tollen Hintern durchzuprügeln. Ich spürte, wie er unter den fadenscheinigen Jeans heiß wurde und beobachtete, wie er bei jedem neuen Schlag erschauerte. Jetzt die linke Backe. *Patsch!* Und jetzt die rechte. *Patsch!* Hart und schwer fielen die Schläge auf seine festen Muskeln, und meine Hand klatschte immer wieder von neuem auf.

Die Prügel, begleitet von Joeys Protesten, dauerte gute zehn Minuten, bis meine Hand schmerzte. Er grunzte jetzt nur noch und verkrampfte sich vor jedem neuen Hieb. Als es schien, daß er meiner Hand entgegenzukommen versuchte, bemerkte ich seinen Trick und änderte den Schlagrhythmus. Nach kurzer Zeit kniete ich auf dem Boden, mein Unterleib war an die Bettkante gepreßt und rieb sich an ihr, während ich fortfuhr, diese süßen Arschbacken zu versohlen.

»Wie fühlst du dich, Baby?«

»Geht dich gar nichts an! Und nenn mich nicht Baby, ich bin nicht dein Baby!«

»Oh, das geht mich sehr wohl etwas an, stimmt's? Wir werden schon sehen.«

Vorsichtig stupste ich in das nackte Fleisch an seiner Seite, den langen Streifen Haut zwischen seinem nach oben gerutschten Muscle-Shirt und dem Gürtel, wo die Jeans seine Hüften bedeckte. Das Fleisch war heiß, fest und hart. Es bewegte sich, atmete heftig. An seinem gesamten Leib war kein Gramm Fett.

Mein Finger glitten nach unten, meine Nägel suchten sich ihren Weg unter dem flachen Bauch, vorbei an der tiefen Höhle seines Nabels bis zum obersten Knopf seiner Hose. Seine Bauchmuskeln waren fest und drängten sich hart gegen meine Berührung. Jeder Muskel schien einzeln zu erzittern, als ich weiter vordrang. Etwas kitzlig zog er den Bauch ein, als ich spielerisch die Finger krümmte; und ich nutzte die Gelegenheit, sie in die Jeans zu stecken. Ich fand einen zuckenden Ständer vor.

»Ach … was haben wir denn da?«

»Geh' … geh' weg da!«

»Hübsch und groß bist du, nicht wahr, Joey? Hübsch und steif. Ich hab' dich ganz schön auf Touren gebracht, stimmt's? Magst du's, versohlt zu werden?«

»Nein!«

»Ich glaube doch, Baby. Ich glaube, ich habe dich ertappt.« Ich öffnete den obersten Knopf seiner Jeans und fuhr fort. »Ich habe gesehen, wie du das Bett gefickt hast, als ich dich verdroschen habe. Ich sehe, wie groß und fett dein Schwanz geworden ist. Du kannst mir nichts vormachen, Joey. Du bist ertappt, und du gehörst mir.«

Welch Anblick, als sein Kopf in der Dunkelheit rot wurde! Einen Augenblick lang war er still, brachte kein Wort heraus. Ich hatte ihn festgenagelt. Der Umfang seines befreiten und immer größer werdenden Ständers stempelte ihn zum Lügner.

»Nun gib schon auf, Joey. Tu's, und dein dicker Schwanz kriegt sofort, was er braucht.« Er war schließlich auch nur ein Mann. Er mußte nun nachgeben, und sei es nur, um endlich abzuspritzen. Oder?

Obgleich seine Stimme nun sanfter klang, war sie noch immer feindselig. »Nein. Auf keinen Fall!«

Einen Augenblick lang hielt ich inne und stand schweigend im Schatten. Dieser Junge war unglaublich. Und ich hatte unglaubliches Glück, dachte ich, obwohl mir nicht klar war, wie sehr es mir gefiel, wie er meine Eier zum Kochen brachte. Er brachte mein Blut zum Wallen, machte mich wütend, stachelte mich an, ihm etwas Gemeines antun zu wollen. Ihn windelweich zu schlagen. Er war an Disziplin gewöhnt, und die wollte ich heute nacht. Ganz besonders von Joey. Ich beschloß, einen Teil meiner Wut abzureagieren.

Ich beugte mich über ihn, packte sein triefend nasses Muscle-Shirt und riß es ihm glatt vom Rücken. Der Atem stockte ihm, und er stieß einen Protestschrei aus. Ich roch an dem zerfetzten, triefenden Klumpen Baumwolle – kostete ihn – es war purer Joey. Dieses Muscle-Shirt war getränkt von seinem Geruch, seinem Schweiß, seiner Männlichkeit. Ich hätte es durchgekaut und gegessen, wenn ich gekonnt hätte. Statt dessen benutzte ich es, um mir den Lusttropfen von meiner Schwanzspitze zu wischen, und pflanzte es ihm roh ins Gesicht.

Ich kam wieder in Fahrt und widmete mich seiner Jeans. Ihr Stoff war weich und geschmeidig. Sie glitt über seine Schenkel und enthüllte den nackten Arsch, der ihr ihre perfekte Form gab. Fast hätte ein überwältigender Drang, meinen brennenden Schwanz in diesen Arsch zu rammen, dem Ganzen ein Ende gesetzt, aber ich beherrschte mich. Schließlich hatte ich ihm eine Lektion zu erteilen.

Das Klicken beim Öffnen meines Gürtels entfachte Joeys Bemühungen, sich freizukämpfen, von neuem.

»Nein, Mann, nicht mit dem Gürtel, okay? Nicht mit dem Gürtel!«

»Tja, Baby, ich fürchte, heute abend bekommst du den Gürtel zu spüren.«

»Niemand berührt mich mit einem Gürtel, du Bastard!«

»Ich bin nicht *Niemand*. Ich bin dein *Meister*, und unter dem Gürtel wirst du dich mir unterwerfen.«

»*Nein!*«

Joey zitterte buchstäblich vor etwas, das Angst zu sein

schien. Seine Schenkel bebten. Ein Muskel seiner Arsch-
backe zuckte wie bei einem Pferd, das lästige Mücken von
seiner Flanke verscheucht. Fast hätte er mir leid getan.
Mein kleines Fohlen würde es gleich gut besorgt bekommen. Als ich die Gürtelschnalle an seinem Ohr klirren ließ,
während ich den abgetragenen schwarzen Lederriemen in
der Hälfte zusammenlegte, konnte ich mir nicht vorstellen,
mich je besser gefühlt zu haben als in diesem Augenblick.

Ein pfeifendes Geräusch zischte über dem Bett durch die
Luft, bevor der scharfe Hieb des Gürtels ein deutliches Mal
auf Joeys Arsch zeichnete. Das Geräusch, das der Gürtel
machte, wenn er die Hinterbacken traf, klang höher als
beim Versohlen zuvor, dünner. Bösartiger. Joey stieß ein
Zischen aus. Sein ganzer Körper verkrampfte sich, als er
den stechenden Schmerz fühlte. Ich verfluchte die Dunkelheit beim Wunsch, den Anblick dieses ersten weißen Strei-
fens auf dem bebenden Arschfleisch zu genießen.

Der zweite Hieb mit dem Gürtel ließ Joey aufheulen, obgleich ich wußte, daß er tat, was er konnte, um den Mund
zu halten.

»Tut weh, was, Joey?« tröstete ich. »Schrei ruhig. Deshalb bleibst du trotzdem noch ein Mann. Mach' nur, Baby,
mach' nur, schrei los für deinen Meister.«

Brutal ließ ich den Gürtel niederklatschen. Der Schmerz
ließ ihn aufzucken und zischen, aber er bemühte sich umso
stärker, nicht zu schreien.

Dann schlug ich ihn zum dritten Mal, diesmal mit aller
Kraft -

»Ahh! *Schwanzlutscher!*«

»Na also, Joey. Braver Junge. Aber immer hübsch sauber
bleiben beim Meister. Da du ein schlimmes Wort gebraucht
hast, werde ich dir noch ein paar Hiebe mehr verabreichen
müssen.«

»Nein!«

»Ich fürchte doch, Baby.«

Ich versetzte ihm ein paar weitere Schläge mit dem zusammengelegten Gürtel, wobei ich mit der rechten Hand den makellosen Po mit kräftigen Streichen bedachte, während ich mit dem Ballen der linken Hand gedankenlos den zuckenden Ständer in meiner Hose rieb. Zu meiner Überraschung hielt Joey es aus. Sein Arsch kam meinem Gürtel sogar entgegen!

Verblüfft starrte ich auf seinen Leib, der jedesmal, wenn sein Rücken sich nach oben krümmte, um den nächsten Schlag zu empfangen, von einem Streifen Licht erhellt wurde. Ich konnte die Male sehen, die meine Prügel hinterlassen hatten, die atemberaubenden Streifen und Striemen, die das Leder eingezeichnet hatte. Mir blieb nur, meinen Schwanz zu wichsen und Joey noch weiter zu prügeln.

Nach kurzer Zeit flatterten Joeys Schenkel unter der Kraft meiner Schläge. Die Muskeln bebten vom Ende seiner Wirbelsäule bis zu seinen breiten Schultern. Stumm verkrampfte sich sein gesamter Körper, während erstickte Schreie aus seiner Kehle drangen. Als ich hörte, wie mein Seidenhemd zerriß, kam ich. Bis zum Äußersten zwischen dem Kopfende und Joeys verkrampften Handgelenken angespannt, wurde der schimmernde Stoff an den Nähten auseinandergefetzt.

Weißes, heißes Sperma spritzte mir auf den Bauch, klatschte mir in einem dickem Strahl aus meiner Eichel, die noch immer in die Hose gequetscht war, auf meine Brust. Fast hätte ich das Gleichgewicht verloren.

Erhitzt und benommen fuhr ich selbst beim Orgasmus fort, ihn zu schlagen.

»Wie geht's, Joey? Ich wette, jetzt tut's richtig schön weh. Bitte mich brav, aufzuhören. Nenn' mich Meister und bitte mich brav, aufzuhören.«

Joey schwieg, und ich hielt inne, um sein Gesicht zu ertasten. Seine Kiefer waren fest angespannt, als ob er darauf wartete, daß ich plötzlich weiterschlagen würde. Seine Wangen und Augen waren feucht, ob von Schweiß oder von Tränen, konnte ich nicht sagen. Hatte er wirklich Schmerzen? War er in Ekstase? Beides? Ich faßte sein Kinn und zog es zu mir heran.

»Bist du fertig, Joey? Gib's zu.«

In der Dunkelheit war er kaum zu sehen, aber ich wußte, daß er mich anschaute, zitternd, auf der Suche nach Worten.

»… Ich bin noch nicht mal warmgelaufen«, sagte er leise.

Drei weitere Schläge trafen Joeys leuchtend roten Hintern, bevor ich mich zurückhielt. Mann, ich wollte ihn nicht umbringen!

»Okay. Gut, Baby, du hast gewonnen.« Ich legte den Gürtel wieder um. »Laß uns das heute nacht eine Lotterie nennen. Denk dran, du hast Anfängerglück gehabt. Anfängerglück und das nicht zu knapp.«

Ich band seine Beine von den Bettpfosten los und befreite seine Handgelenke von dem zusammengedrehten Kopfkissen und dem zerfetzten Seidenhemd. Ich setzte mich aufs Bett, blies behutsam über seinen Arsch und berührte zärtlich beide Backen mit den Fingern. Er gab ein langes, klagendes Geräusch von sich, so wie man es sich von einem Mann nach einem besonders mächtigen Orgasmus – oder von einem ächzenden Autowrack – vorstellt.

Meine Wut war verflogen, und mein Herz öffnete sich dem Burschen. Trotz all seiner Meckerei hatte er die Strafe ertragen. Er verdiente, getröstet zu werden.

Ich rutschte ganz aufs Bett, griff zärtlich nach ihm und zog ihn zu mir heran. Er stöhnte und wimmerte, gestattete mir aber, ihn zu halten. Lange tat ich nichts anderes, hielt ihn fest. Ich hielt seinen Kopf an meiner Brust, seinen Körper an meinem. Mit dem zerknitterten Stoff meines Seidenhemds wischte ich ihm das Gesicht ab und tupfte vorsichtig seine Augenwinkel und seine laufende Nase trocken. Mein Gesicht in seinem Haar vergraben, lauschte ich, wie sein Atem ruhiger wurde. Ich muß gestehen, daß es für einen kurzen Augenblick tatsächlich nur uns beide gab. Uns beide und niemanden sonst auf der Welt.

Als ich mit den Fingerspitzen an seinem Kinn entlang bis zu seiner Brust fuhr, entdeckte ich, daß auch er gekommen war. Das klebrig Weiche, das in den Haaren auf seinem Bauch hing, ließ keinen Zweifel zu. Er war gekommen, als er mein Hemd zerrissen hatte, folgerte ich, und auf meinem Gesicht breitete sich ein Grinsen aus. Wir hatten zur gleichen Zeit abgespritzt.

Ich kicherte laut, und das genügte, um ihn wieder zu sich zu bringen. Er wich von mir auf dem Bett zurück, stützte sich auf seine Arme und schaute sich um, als sei er gerade aus einer tiefen Ohnmacht erwacht. Mit einem Kopfschütteln wie ein Hund, der Spinnweben abstreift, griff er nach seiner Hose und zog ein winziges Bic-Feuerzeug und eine fast zerknautschte Packung Salems hervor. Er zündete sie an und nahm einen tiefen Zug. Er rieb sich die Augen wegen des Rauchs und zog sich vorsichtig ans andere Ende zurück.

»Alles okay?« Meine Stimme klang freundlich.

»Fein«, murmelte er.

»Hast du's schon mal auf die Art gemacht? Ich bin mir sicher.«

»Nein. Nein, hab' ich nicht.«

»Beeindruckend. Wirklich, falls du die Wahrheit sagst.«

»Ich lüg' dich nicht an.«

Im Stehen jetzt zog er seine Jeans über seinen wunden Hintern und knöpfte sie zu. Während er zum Fenster ging, erinnerte er mich an ein Fohlen oder ein Kalb, das, noch bedeckt von der klebrigen Feuchte seiner Mutter, unmittelbar nach der Geburt tapfer versucht, auf seinen putzig wackelnden Beinen zu gehen. Man mußte ihn einfach bewundern. »Du bist was Besonderes, weißt du das?«

Er nahm eine warme Dose Bier von der Fensterbank und öffnete sie. Er schluckte die Hälfte davon hinunter und schnalzte mit den Lippen. »Das hab ich schon gehört.«

»Ich möchte dich wiedersehen, Joey.«

»Sorry, Mann. Immer nur einmal.«

»Ich glaube nicht, daß du das ernst meinst. Vielleicht willst du's nicht gleich morgen früh noch mal, das kann sein. Aber in ein paar Tagen wachst du auf und willst, was du heute von mir bekommen hast. Du wirst dich verdammt danach sehnen, und ich bin's, den du anrufen wirst.«

»Ich laß mir keine Telefonnummern geben.«

»Sieh's mal so, Joey, es kann nur besser werden.«

»Vielleicht. Ich hab meine Zweifel.« Er nahm ein paar weitere Schluck Bier und schluckte sie, als hätte er gerade die Sahara durchquert. »Schau, ich muß jetzt los. Tut mir leid wegen deinem Hemd. Du hast meins auch zerrissen. Es war mein Lieblingshemd … Paß auf dich auf, wenn du zum Auto gehst.«

»Geh nach Hause und ruh' dich aus.« Ich hielt zwei Fünfzig-Dollar-Scheine in die Höhe, damit Joey sie im Straßenlicht sehen konnte. »Du reibst besser deinen Hintern ein. Eine kühle Salbe. Wundsalbe. Als ob du einen Sonnenbrand behandelst. Geh nicht mehr dorthin zurück.«

»Danke.«

»Du bist wirklich scharf, Joey, aber es ist noch nicht vorbei. Ich möchte dich wiedertreffen.«

»Vielleicht. Ich glaub's nicht. Ich mach' das nicht immer.«

»Gut, dann sind wir zu zweit«, lächelte ich. »Und was tust du, wenn du das nicht machst?«

»Steve, ich bin wirklich müde.«

Ich schwieg, beinahe verletzt. Der Anblick seiner Silhouette jedoch, seiner Brust, die sich hob und senkte, der halbleeren Bierdose zwischen seinen Fingern und seines brennenden Hinterns, der geiler war als alles übrige zusammen, turnte mich wieder voll an.

»Okay, mein Freund.« Ich packte meine Sachen zusammen. »Bis zum nächsten Mal.«

Es ging zu Ende, und das gefiel mir nicht. Offengestanden, ich konnte es selbst kaum glauben. Ich benahm mich wie ein bescheuerter Freier bei seinem ersten Stricher, und, verdammt, das war ich nun wirklich nicht. Ich unterdrückte den Wunsch, zu ihm hin zu gehen und ihn zu küssen, zog mein Jackett über und ging zur Tür.

»Gute Nacht, Steve.« Joeys Stimme klang weich im Dunkeln. Da war wieder dieser sexy, schnurrende Tonfall, den er vor dem Imbißladen gehabt hatte. Schenkte er mir auch jetzt wieder sein seidenweißes Nimm-mich-Lächeln?

»Nacht.« Als ich wenig später mit einem aufmunternden Lächeln das Zimmer verließ und mich aus diesem Höllenloch davonmachte, stieß ich einen stummen Schwur aus. Eines Tages würde ich zurückkommen und diesen Jungen, Joey, wiederfinden … und dann würde ich ihn langsam, und diesmal wirklich, brechen.

BRUNO GMÜNDER

BELLETRISTIK

Anonym
COLLEGEBOYS AUF ABWEGEN
1. Titel aus der Reihe Loverboys.
176 Seiten, broschiert, DM 19,80

Sie sind 17, adlig und haben nur eins im Sinn: Sex. Die eroti-
schen Abenteuer, die diese Collegeboys mit sich und anderen
Männern der englischen und französischen High Society erle-
ben, sind so prickelnd und plastisch erzählt, daß man glaubt,
mit allen Sinnen dabei zu sein.

Michel Tremblay
DER MANN IN PAPIS BETT
224 Seiten, broschiert. DM 26,80

Jean-Marc, Mitte 40, hat das Herumlungern in der schwulen
Sub seit langem satt. Einziger Ruhepol seines Lebens sind 2
lesbische Freundinnen, mit denen er ein Haus bewohnt. Fast
hat er sich mit seinem Single-Dasein abgefunden, als er eines
Abends dem jungen, gutaussehenden Mathieu begegnet.
Eine normale Männerromanze beginnt, doch es gibt da noch
Sébastien, Mathieus vierjährigen Sohn, der nun plötzlich
nicht nur eine Mutter hat, sondern auch 2 Vatis. Diese ver-
wickelten Verwandtschaftsverhältnisse führen zu so manchen
heiklen, aber durchaus humorvollen Situationen.

Bitte fordern Sie unseren kostenlosen Bildprospekt an!
Bruno Gmünder Verlag · Leuschnerdamm 31 · D-10999 Berlin

BRUNO GMÜNDER

BELLETRISTIK

Stephen Gray
UND NIEMAND DARF ES WISSEN
270 Seiten, broschiert, DM 29,80

Peter Walker, Lehrer an einer Johannesburger Schule, spürt, daß seine Beziehung mit André keine Zukunft mehr hat. Just da, in den Wirren der Apartheidspolitik, steht Disley vor seiner Tür. Der einzige schwarze Schüler an Peters Schule möchte bei dem Lehrer untertauchen und sorgt für eine aufregende Zeit. Sie beginnt, als Lehrer und Schüler eines Nachts die zulässigen Grenzen überschreiten…

Adolfo Caminha
TROPISCHE NÄCHTE
168 Seiten, broschiert. DM 19,80

Aufsehenerregende Muskeln kennzeichnen die kolossale Gestalt Bom-Crioulos, der einst ein Sklavendasein fristete und nun seinen Dienst auf einem brasilianischen Militärschiff verrichtet. Dort verfällt er Aleixo, dem blonden Schiffsjungen, und hungert danach, den Knaben zu besitzen. In einer sturmgepeitschten Nacht werden Bom-Crioulos feuchte Träume wahr…

Bitte fordern Sie unseren kostenlosen Bildprospekt an!
Bruno Gmünder Verlag · Leuschnerdamm 31 · D-10999 Berlin

BRUNO GMÜNDER

BELLETRISTIK

Oscar Moore
VERGLÜHT
340 Seiten, broschiert, DM 29,80

Schon als kleiner Junge ist Hugo fasziniert von Männern und beobachtet sie heimlich beim Duschen. Seine ersten Abenteuer hat er mit 14 auf öffentlichen Toiletten, wo er hin und wieder mal auch ein kleines Taschengeld erhält. Bald will er mehr: das ganz große Geld. Getrieben von einer nicht faßbaren Sehnsucht gleitet Hugo in ein Leben ekstatischer schwuler Sexualität. Seine Wegbegleiter sind LSD, Heroin und Ecstasy. Hugo ist ein Genießer, der alles so nimmt, wie es kommt – nicht nur den Sex…

F. Tripeleff
DER LIEBHABER DES BISCHOFS
232 Seiten, broschiert, DM 26,80

Novara, anno domini 1045. Aufstände und Kämpfe bewegen Volk und Kleinadel der italienischen Voralpen. Inmitten der Wirren gedeiht die heftige Liebe zwischen dem Fürstbischof von Novara und Odo, einem jungen Geistlichen. Sie beginnt in einer lauen Sommernacht, als Odo nackt am Brunnen des fürstlichen Palastes steht und sich erfrischt. Er ahnt nicht, daß der Fürstbischof ihn heimlich und erregt beobachtet…

Bitte fordern Sie unseren kostenlosen Bildprospekt an!
Bruno Gmünder Verlag · Leuschnerdamm 31 · D-10999 Berlin

BRUNO GMÜNDER

SACHBÜCHER

Rolf Winiarski
TRAUMPRINZ GESUCHT! WIE MANN AN DEN MANN KOMMT
240 Seiten, broschiert, DM 24,80

Wer kennt das nicht? Man sucht und sucht, und meistens entpuppen sich die Prinzen als Frösche. Natürlich gehört eine Portion Glück dazu, bis endlich der Richtige kommt. Allerdings kann man eine Menge selbst unternehmen, um ans Ziel zu gelangen. Wie man es anstellt, verrät der Autor und greift hierbei auf seinen reichen Erfahrungsschatz als Berater für Schwule zurück.

Mark Emme
SELBST IST DER MANN – DAS LUSTVOLLE HANDBUCH DER SELBSTBEFRIEDIGUNG
160 Seiten, broschiert, DM 22,00

Selbstbefriedigung ist eine Kunst. Über viele Jahre hat der Autor alle Feinheiten und Möglichkeiten studiert, ausprobiert und verglichen. Herausgekommen ist eine Technik, deren Einzelschritte eingehend dargestellt werden. Mit zunehmender Übung gelingt es dem Anwender, die Selbstbefriedigung lange hinauszuzögern und so einen Zustand der Dauerekstase zu erreichen. Dieses Buch kennt keine Tabus, wenn es darum geht, die körperlichen Freuden zu steigern.

Bitte fordern Sie unseren kostenlosen Bildprospekt an!
Bruno Gmünder Verlag · Leuschnerdamm 31 · D-10999 Berlin

BRUNO GMÜNDER

SACHBÜCHER

Denis Smadja
POSITIV LEBEN – RATGEBER FÜR HIV-POSITIVE, IHRE FREUNDE UND FAMILIE
168 Seiten, broschiert, DM 19,80

Dieses Buch wendet sich an alle, die mittelbar mit dem Thema HIV und Aids konfrontiert sind. Ein informatives Buch, das auf den überwiegenden Teil der ganz alltäglichen Fragen eine kurze und brauchbare Antwort gibt. Nicht in Panik zu geraten, sondern Angst mit Wissen zu begegnen und auch Mut zur bewußten Auseinandersetzung zu machen, ist Anliegen dieses Ratgebers.

F. Valentine Hooven III
TOM OF FINLAND – SEIN LEBEN, SEINE KUNST
205 Seiten, Kunstdruckpapier, mit vielen Abbildungen, DM 34,80

Sich selbst hat Tom of Finland immer als Pornografen gesehen, die meisten erkannten jedoch seine Arbeiten als Kunst. Auf über 200 Seiten wird das überaus produktive Leben von Touko Laaksonen ausgebreitet und mit vielen berühmten und weniger bekannten Zeichnungen dokumentiert. Darüber hinaus erfährt der Tom-of-Finland-Fan so manche Anekdote aus dem Leben des Mannes, dem schwule Träume aus dem Kohlestift flossen…

Bitte fordern Sie unseren kostenlosen Bildprospekt an!
Bruno Gmünder Verlag · Leuschnerdamm 31 · D-10999 Berlin

BRUNO GMÜNDER

SACHBÜCHER

Pat Califia
DAS SCHWULE 1 x1
Tips & Tricks für alle Lebenslagen
180 Seiten, broschiert, DM 19,80

Pat Califia, Briefkastentante beim *Advocate,* dem wichtigsten amerikanischen Schwulenmagazin, steht Rede und Antwort in allen wichtigen Lebensfragen: Coming out, Älterwerden, Einsamkeit, Gesundheit, u.v.m. Ein unentbehrlicher Leitfaden und ein erfrischendes, teilweise bissiges Lesevergnügen über die kleinen und großen Tücken des schwulen Alltags.

Charles Silverstein/Felice Picano
DIE NEUEN FREUDEN DER SCHWULEN
Ein Handbuch zum Leben und Lieben
260 Seiten, Großformat, mit vielen s/w- und Farbabbildungen, DM 39,80

Ein Sex-Handbuch und sympathischer Ratgeber zugleich. Ein Muß für den erfahrenen Schwulen, ebenso wie für Neulinge. Bereits die legendären FREUDEN DER SCHWULEN (*Joy of Gay Sex*) waren der Meilenstein für das schwule Selbstbewußtsein der 70er Jahre. Dieser langerwartete, völlig neu überarbeitete Nachfolgeband mit vielen neuen Stichworten ist die Antwort für die 90er Jahre.

Bitte fordern Sie unseren kostenlosen Bildprospekt an!
Bruno Gmünder Verlag · Leuschnerdamm 31 · D-10999 Berlin